La presse et les maisons hantées

La presse et les maisons hantées

Pascal Thebeaud
Préface de Yves Lignon

Témoignage
PGCOM Editions

La presse et les maisons hantées
© PGCOM Editions 2015
Tous droits réservés
http://www.pgcomeditions.com/
ISBN : 978-2-917822-42-5

La presse et les maisons hantées entre 1890 et 1900

Préface

Y – A – T - IL ENCORE DES MAISONS HANTÉES ?

Yves Lignon, 2014 ©

Poser la question équivaut à modifier l'éclairage du débat présenté en ouverture de l'ouvrage de Pascal Thebeaud. Nous écrivions alors que la communauté scientifique était partagée à propos de la réalité des phénomènes se produisant en certains lieux. Se produisant ou supposés s'être produits car de répondre qu'il n'y a plus de maisons hantées à proclamer qu'il n'y en a jamais eu la distance n'est pas si grande.

L'argument est d'emploi facile : " Avec le progrès des connaissances les faits autrefois mystérieux ou légendaires n'intriguent plus personne". Que rétorquent ceux que nous avons nommés, plus haut, les parapsychologues scientifiques ? Que certes puisque les tamis ont des mailles de plus en plus fines des cas jugés inexpliqués il y a 50 ou 100 ans ne le sont probablement plus mais que, malgré les avancées techniques, d'autres dossiers restent coulés dans le béton tout en présentant en commun une caractéristique essentielle. À chaque fois une personne fréquentant l'endroit hanté est victime d'un trouble psychologique relativement léger tel que, par exemple, ceux qui résultent d'une dispute entre voisins ou d'un conflit entre parents et enfants. Un trouble somme toute banal, dont souffrent des milliers de terriens chaque année et pourtant... Pourtant dès que le malaise disparaît, dès que le souci prend fin, les piles d'assiettes cessent de se fracasser sans raison. Cet acquis suffit pour mettre en parallèle maison hantée et maladie psychosomatique les perturbations physiques de l'environnement remplaçant migraines, verrues ou crampes d'estomac comme conséquences d'un désarroi intérieur.

L'hypothèse a tout pour séduire mais on sait depuis longtemps, scientifiquement parlant, que le constat de la simultanéité du facteur A et du facteur B ne suffit pas pour conclure "A explique B" (ou d'ailleurs "B explique A"). Formulé autrement si cette hypothèse de l'action d'un psychisme en crise sur son environnement (dite hypothèse PK par les parapsychologues scientifiques) semble compatible avec les faits authentifiés elle n'en est pas validée pour autant. Jusqu'à Copernic l'hypothèse du Soleil tournant autour de la Terre s'accordait avec les remarques de n'importe quel quidam observant le ciel. Il n'empêche. A elle seule l'existence d'une concomitance légitime l'étude de l' hypothèse PK (aussi ardu que s'annonce ce travail) et confirme que la maison hantée ne peut-être rationnellement perçue qu'en tant que phénomène naturel dont les lois sont encore inconnues. Quant aux récits d'édifices (plus souvent château que luxueuse villa de bord de mer ou taudis de banlieue paupérisée) hantés par des personnes mortes tragiquement sur place autrefois leur masse et leur ancienneté ne les destinent-elles pas avant tout aux spécialistes de la rumeur et du conte folklorique ?

Reste, enfin, que nous ne vivons plus au temps (1850-1940) du spiritisme triomphant. Bien moins nombreux qu'autrefois sont par conséquent, de nos jours, ceux que leur croyance – et elle seule – pousse à accepter d'emblée l'univers virtuel de la maison hantée. Univers virtuel, oui, parce que dans la vie de tous les jours les pichets ne se brisent que quand on les laisse choir, les pianos ne jouent que sous les mains d'un musicien et les voisins frappent des coups dans les murs si la soirée d'anniversaire se prolonge. Pour la masse de nos contemporains les univers virtuels se trouvent ailleurs, sur les écrans cathodiques où s'agitent monstres et super – héros. Une nouvelle piste de réflexion pourrait s'ouvrir en partant de là.

INTRODUCTION :

La presse de la fin du XIX° siècle affichait régulièrement dans les colonnes de ses journaux des titres comme « MAISON HANTEE » ou « ESPRITS FRAPPEURS ».

Dans ces affaires de maisons hantées si courantes , qui étaient les mystifica-teurs ? Y en avait-il vraiment ?

« Un meunier de Meillonnas dans l'Ain prétendait entendre des roulements terribles dans son grenier. Sa maison fut bien-tôt désignée comme un lieu redoutable. Des voisins y entrè-rent avec lui et virent sur le plancher une bouteille qui allait et venait, roulant dans tous les sens.. »

Dans un autre lieu et à une autre époque :

« Une belle maison de Nantes, appelée Maison des Reve-nants, était inhabitable à cause d'un bruit entendu la nuit. Un architecte l'acheta pour une bouchée de pain , à cause de la mauvaise réputation… »

Encore ailleurs et beaucoup plus tard :

« Un abbé vicaire au Sacré-Cœur de Bordeaux entendait la nuit, dans sa maison, des coups de marteau ; il voyait les ciseaux posés sur la table bondir et danser. Mêmes phénomè-nes, le lendemain… »

Trois mystifiés : un meunier, un architecte et un ecclésiastique…

11

Suite de la première affaire :

« ...Quelqu'un voulut voir la bouteille de plus près et y vit à l'intérieur...une souris ! Oui, une souris entrée par le goulot qui s'était rassasiée de graines et qui ne pouvait plus sortir ! »

Suite de la deuxième affaire :

« Quand l'architecte s'y fut installé avec sa famille, on reconnut que le bruit mystérieux venait tout simplement d'une source qui coulait dans les fondations ,et que l'on entendait mieux dans le silence de la nuit. Des mesures furent prises pour remédier à cet inconvénient, et le bruit cessa complètement. »

Suite de la troisième affaire :

« Il n'y avait qu'à prier. Nous nous mîmes à genoux et nous récitâmes le **De Profundis**. C'était certainement une âme en peine qui souffrait et qui réclamait nos prières. Nous repriâmes. La nuit suivante, le vicaire sentit une présence...et tous les phénomènes s'arrêtèrent ! »

Et tant d'autres affaires ont donné encore d'autres résultats avec des mystificateurs plus ou moins palpables...et un très grand nombre de mystifiés... dont les lecteurs !
Mais la vie de ces affaires n'aurait, certes, jamais existé sans la presse (naissance, rebondissements, fin).

« Il se passe des choses étranges dans l'humanité, à moins que ce ne soit dans la presse ! »

CORAY (FINISTERE)

« C'est à 12 kms de Quimper que des phénomènes mystérieux se produisent depuis quelques mois en plein jour, devant des centaines de témoins.

Une enquête officielle est commencée ; mais les gendarmes qu'on a chargés tremblent et sont pris de peur. Dans le bourg de Coray, situé sur la route de Rosporden à Chateauneuf du Faou (Castel Nevoz) se trouve une ferme appartenant à un gentilhomme breton : M. Couesnongle qui habite Quimper.

Cette ferme est à Trevinily (commune de Coray) près de la route de Coray à Langolen.

C'est un manoir délabré dont une partie est tombée en ruines ; certains bâtiments ont été restaurés il y a quelques 20 ans.
Ce vieux château n'a du reste, rien de bien curieux au point de vue archéologique. Les fenêtres à croisillons sont seules assez remarquables.

Depuis 10 ans, la ferme est louée aux époux Kerlaz. (*On dit ailleurs que le fermier est le sieur Fermont*).

Ils ont à leur service une jeune domestique et un petit berger Yoennic, âgé de 13 ans…

Il y a quelques mois, les Kerlaz furent une nuit, éveillés par des cris qu'entendaient tous les habitants de Coray. C'était le petit Youennic, qui, dans l'écurie, où il dormait non loin des bœufs, avait été soudainement jeté bas de son lit, bousculé, giflé, roué de coups. La servante tout d'abord accourut. Elle reçut, elle aussi, des coups violents semblables à des coups de bâton, par tout le corps. Elle

13

tenait sa lanterne allumée ; il n'y avait personne dans l'écurie, que le petit pâtre affolé à genoux sur son lit. Bientôt une grêle de pierres se mit à pleuvoir, brisant les vitres atteignant les meubles et les animaux.

Le lendemain, tout le village apprit ce qui s'était passé. Personne n'eut l'idée de mettre en doute la véracité des faits. On déclara que c'était des revenants, d'anciens habitants du manoir qui venaient tourmenter les hôtes actuels.

D'anciennes légendes, presque oubliées, furent remémorées. Les anciens se rappellent qu'il existe sous la ferme des Kerlaz , des souterrains où depuis des années, aucun homme n'a pénétré et dans lesquels des téméraires qui s'y étaient jadis introduits, avaient aperçu des squelettes, des ossements humains.

Le recteur de Coray fut immédiatement invité par Kerlaz lui-même à venir répandre de l'eau bénite dans la ferme pour en chasser les mauvais esprits. Le recteur vint, récita les exorcismes liturgiques.

Mais les phénomènes se renouvelèrent jour et nuit. Dans toute la ferme, on entendit des bruits ; des pierres lancées par des mains invisibles, continuèrent à pleuvoir, brisant les meubles, contusionnant les habitants. Ce fut surtout contre Youennic que s'acharnèrent les esprits. Le pauvre berger, à chaque instant, avait les cheveux tirés. Il recevait des gifles plus ou moins violentes ; la nuit, il était précipité de son lit, déshabillé, frappé de verges.

Les pierres s'abattaient de toutes parts sur les gens de la maison, alors même qu'ils étaient dans les champs. La vaisselle a été détruite, les cailloux tombaient sur les marmites, dans les chaudrons alors même qu'ils étaient servis sur la table, pleins de bouillie. Les animaux de la ferme, le chien même, n'étaient pas épargnés… Certain meunier, qui avait voulu faire preuve de sang froid et de bravoure, s'était rendu à Trevinily et avait attaché son cheval dans la cour avant d'entrer dans la maison. Il reçut bientôt un atout qui faillit lui enlever la mâchoire inférieure, tandis que sa bête pliait sous les coups que lui assénait une main invisible. Plusieurs personnes étrangères à la maison , que la curiosité avait attirées, ont été également atteintes par les projectiles…

A Quimper, lorsqu'on connut ces phénomènes, on cria à la supercherie. On fit une enquête.

On apprit que Kerlaz, depuis assez longtemps, devait ses fermages à M. de Couesnongle, qu'un huissier devait le saisir bientôt. Voilà, cria t-on, le pot aux roses découvert ! Kerlaz connait la *Dame Blanche* et *les Cloches de Corneville* ; il n'a pas l'intention d'acquérir à vil prix le manoir qu'il habite. Il désire du moins, en demeurer locataire ! Si l'on croit la ferme hantée, il ne se trouvera personne pour la prendre, et le propriétaire sera très heureux de conserver Kerlaz ! Mais il fallait convaincre les Kerlaz d'imposture.

Les gendarmes du canton furent envoyés à Coray. Ils entendirent eux aussi les bruits mystérieux.

Pour empêcher cette imposture, *le dimanche 9 novembre,* ils avaient rassemblé les Kerlaz et les domestiques dans une même pièce ; ils les surveillaient étroitement. On avait fouillé la ferme et ses dépendances ; il n'y avait pas de compère. Au-dehors, le brigadier et les 2 hommes empêchaient quiconque d'approcher.

Ce jour-là, plus de 600 personnes étaient sur les lieux et les pierres pleuvaient de plus belle sur les gens de la maison… Plusieurs personnes avaient dans leur poche les cailloux qu'elles ont reçus.

Tout à coup, des craquements se firent entendre ; puis le vacarme devint de plus en plus fort. Youennic se mit à crier ; se tordit, trappé par des êtres invisibles ; son chapeau fut enlevé, ses habits déboutonnés tombèrent, puis furent enlevés comme dans une féerie ; la ferme, cependant, n'était pas truquée.

Un brigadier de gendarmerie qui dirigeait l'enquête, fumait sa pipe. Il était au milieu de la salle, tout à coup, sa pipe fut brisée par une grosse pierre qui roula à ses pieds. Ce brigadier, jusqu'alors, s'était montré absolument sceptique. Il pâlit, se précipita dans la cour. Seuls, les hommes postés s'y trouvaient.

Ils déclarèrent qu'aucun être humain n'avait pu, du dehors, lancer le projectile qui venait de briser la pipe.

Un autre gendarme se plaignit de recevoir des soufflets. Effectivement, sa joue était rouge et on y voyait la marque de 5 doigts.

On était donc en présence non d'une supercherie de fermier voulant conserver sa ferme, mais de faits inexplicables…

Le 12 novembre, une Sainte Vierge placée sur la porte d'entrée pour éloigner le malin esprit a été décapitée…

A Quimper, ces phénomènes avaient provoqué une vive curiosité. Des centaines d'habitants se sont rendus à Coray…

Dans tous les cas, l'enquête officielle qui dure depuis un mois, n'a pu réussir à convaincre les habitants du vieux château, de supercherie. Et le petit Youennic, principal souffre-douleur des esprits, est un enfant qui n'a aucun intérêt à mentir, dont toutes les déclarations soigneusement contrôlées ont été reconnues exactes. « *La durée du phénomène fut d'environ un mois, de mi-octobre à mi-novembre 1890. Le mystificateur resta inconnu.* »

D'après Le Gaulois du 24/12/1890, La Croix du 15 novembre 1890, La Lanterne du 11 novembre 1890, Le Petit Journal du 14/11/1890.

VIRY-NOUREUIL (AISNE)

« Il n'est bruit en ce moment à Viry-Noureuil que des phénomènes singuliers qui ont pour théâtre la maison de Mme veuve Picart qui habite à Viry près le pont du canal, et aussi la maison du fils de cette femme, qui est domiciliée à Marizelle, commune de Bichancourt. Des esprits casseurs se sont établis dans ces 2 maisons et s'y livrent, depuis vendredi (*14 novembre*) à Viry, depuis dimanche (*16 novembre*) à Marizelle, à des manifestations tapageuses dont la vaisselle de la veuve Picart et de son fils font tous les frais. Vendredi, samedi, dimanche et lundi matin, surtout aux heures de midi et de minuit, c'est un chambardement à nul autre pareil qui met à mal les écuelles et tous les autres vaisseaux de terre ou de faïence posés sur les meubles et même sur le sol, à la grande frayeur de l'unique témoin de ces phénomènes car ils cessent, parait-il, lorsque quelque étranger franchit le seuil de la porte. »

« A Viry… les armoires se seraient ouvertes, impossible était de les refermer, la vaisselle, des bouteilles ont été brisées, les meubles remuaient sans qu'il soit possible d'en trouver la cause ! »

« Chose curieuse, ces faits qui ne s'étaient point produits à Marizelle tant que la petite fille de la veuve Picart était restée à Viry, se produisent maintenant dans ce hameau de Bichancourt ; chose plus curieuse encore, ils se sont produits simultanément dimanche et lundi, dans ces 2 villages.

Pourquoi ? Comment ? Nous ne saurions l'expliquer, non plus que les 200 ou 300 Chaunois qui ont visité les 2 maisons hantées. La route est sillonnée par de nombreux curieux qui veulent se rendre compte par eux-mêmes du phénomène. »

« Les phénomènes magnétiques qui s'étaient produits à Viry et Marizelle viennent de recommencer mardi (*25 novembre ?),* par suite du retour à Viry de la petite-fille de la veuve Picart.

Un employé de l'Etat qui habite non loin de cette dernière a été le témoin de phénomènes singuliers qui témoignent suffisamment de la présence dans le corps de la fillette d'un fluide très énergique. Après avoir ressenti un choc électrique fort sensible au simple contact des vêtements de la jeune fille, il a vu un morceau de savon placé sur une table auprès du sujet, emporté et violemment lancé dans une vitre qui a volé en éclats, il a vu également d'autres objets précipités à terre dans les mêmes conditions.

Il n'y a dans ces phénomènes ni sortilèges, ni maléfices. Peut-être serait-il même aisé d'y mettre fin en mettant la fillette en communication directe avec le sol par un fil de cuivre… Mme veuve Picart, qui se plaint de nouveau de bris de vaisselle, peut essayer, le remède ne coûte pas cher. »

« Le maire de Viry a informé la gendarmerie que Mme veuve Picart (aïeule de la jeune fille) dans la maison de laquelle se seraient produits les divers phénomènes, venait de mourir. (*Elle est décédée à Viry le 4 décembre à 75 ans.*) »

D'après Le Courrier de l'Aisne du 20/11/1890, du 6/12/1890, Le Journal de l'Aisne du 20/11/1890, du 29/11/1890.

123, BOULEVARD VOLTAIRE (PARIS, 11° ARRONDISSE-MENT)

« Depuis bientôt un mois (*tout aurait commencé aux premiers jours de mai*), des phénomènes mystérieux se déroulent au 123 du Boulevard Voltaire.

Le plus éprouvé est M. Carlier, établi, marchande de chaussures, sur le boulevard, et dont l'appartement est au 2°étage. Toutes les nuits, de 10 h et quart à 12 h, une série de détonations sinistres éclatent dans son appartement.

(Dans un autre journal, on signale que les bruits se faisaient entendre de 10 h à 4h du matin !)

M. Carlier qui a informé M. Leygonie, commissaire de police du quartier, de ce fait étrange, lui a donné à ce sujet les explications suivantes :
Le bruit commence par une vibration de toutes les cloisons, comme si un gaz comprimé cherchait à s'échapper ; puis éclate une violente détonation, qui résonne avec fracas, comme un coup de tonnerre. Les vitres tremblent ainsi que toutes les portes. Il nous est impossible de fermer celle qui sépare notre chambre de la chambre de notre fils : la serrure vibre et le pêne sort de la gâche. Les gros murs demeurent immobiles. Un quart d'heure, 20 minutes de silence, puis le bruit recommence. Nous avons subi jusque-là 27 détonations dans une nuit. Une fois seulement, il s'en est produit un à 4 h ; une autre fois, à 6 h. Dans la journée, la maison est muette. Les mêmes faits se produisent dans l'appartement du dessus et du dessous. Au 1°étage, les détonations sont moins violentes, mais les commotions très intenses. Les meubles vibrent comme si une main invisible les frappait à l'intérieur, la vaisselle danse. Le lit prend un mouvement de roulis, mais sans changer de place. La locataire, une couturière, est très effrayée.

Dans l'appartement de M. Carlier, la détonation éclate toujours au même endroit, puis elle parcourt le plafond et les murs, elle épargne la cuisine et la salle à manger.

Les appartements situés de l'autre côté de l'escalier sont exempts de détonation.

Le bruit est si violent que M. Carlier est descendu dans la rue de la Roquette, une nuit vers 11 h, avec un de ses amis qui l'entendit distinctement.

A la suite de ces faits, dont M. Leygonie put reconnaître l'exactitude, l'architecte de la préfecture a visité la maison de fond en comble et fait sonder les caves et les murs, mais rien n'y a fait.

D'autre part, l'inspecteur de la Sûreté Jaume s'est tenu aux aguets, pendant plusieurs nuits, épiant les voisins, mais le bruit ne s'en est pas moins renouvelé.

En désespoir de cause, l'on s'est décidé à faire vider la fosse d'aisance *(le 4 mai)* après avoir constaté que l'endroit où se produisaient les bruits, est près de la fenêtre où passe le conduit d'aération de la fosse.

Lorsque les vidangeurs ouvrirent les fosses, ils entendirent une sorte d'explosion : des gaz s'échappèrent en quantité. Les matières étaient en fermentation. D'où provient ce dégagement de gaz ? ... Des locataires ont-ils imprudemment jeté des eaux de savon dans les cabinets d'aisances, ce que les règlements interdisent formellement ? Ou quelqu'un poussé par la malveillance, y a-t-il déversé des acides, ou bien encore une fuite de gaz traverse t- elle les fosses ?

Le travail ne parait pas avoir été inutile, car, la nuit dernière, les locataires n'ont rien entendu.
Il est vrai que l'on accuse une voisine de M. Carlier, une névrosée qui s'occupe de spiritisme et se pique à la morphine, de n'être pas étrangère à cette affaire. .. »

« Après avoir sommeillé pendant plusieurs jours, les « esprits frappeurs »… se sont réveillés. Depuis avant-hier *(dimanche 10 mai)*, le sabbat fantastique a repris de plus belle, et le mystérieux tapage a recommencé malgré les commissaires de police, les ingénieurs, les architectes, etc. On a curé les fosses, arrêté le gaz, supprimé l'eau, plombé les tuyaux, examiné les conduits, peine inutile. Avant-hier matin donc, à 6 h, les locataires ont été réveillés en sursaut par un bruit épouvantable. On n'est plus rassuré du tout dans la maison ; une des locataires, une dame seule, va émigrer à bref délai, sous un toit plus tranquille ; d'autres sont disposés si le bruit continue, à adresser une pétition au préfet de police, demandant l'intervention énergique de l'administration. »

« Il y a un mois *(vers le 18 avril)*, on pouvait entendre le bruit, à des intervalles réguliers. Aujourd'hui *(vers le 18 mai)*, il se produit sans crier gare, moins fort qu'avant, mais assez puissant pour réveiller les habitants de l'arrière-bâtiment. »

Il y a un mois aussi, il ne discontinuait pas pendant 2 h ; aujourd'hui, il dure quelques secondes…Les causes raisonnables sont :
La fosse d'aisances dans la maison est remplie de fissures ; l'air y pénètre, des gaz s'y forment, ils ne peuvent pas s'échapper par un de ces tuyaux qui, dans toutes les maisons de Paris, s'ouvrent sur le toit ; ces gaz montent en ballon, semblables à des bulles de savon, jusqu'en haut des tuyaux de descente et là, se heurtent aux parois et crèvent en détonations… ou alors… il y a probablement un « médium » parmi les locataires de la maison hantée, médium inconscient peut-être, mais dont la médiumnité apparaîtrait aussitôt si l'expérience en était tentée devant une table… »

« M. Carlier, pour s'être plaint de ne pouvoir dormir et l'avoir avoué aux journalistes, a reçu son congé par ministère d'huissier. Mais il a attaqué le propriétaire dont l'immeuble semble mal fréquenté…Il s'attend à de nouvelles détonations, ayant remarqué qu'elles avaient toujours lieu aux changements de temps. »

« La maison hantée du boulevard Voltaire excite toujours une vive curiosité et elle reçoit même des visites princières. Le jeune prince Henri d'Orléans s'y est rendu vendredi (28 mai 1891), accompagné de quelques amis, mais ils n'ont rien entendu ; les esprits frappeurs faisaient relâche, au grand désappointement d'un groupe d'élégantes spirites qui attendaient vainement les bruits mystérieux. Le prince et ses amis sont allés avec un médium très connu se livrer à des expériences de tables tournantes , dans un hôtel voisin de l'Institut. »

« …Tout se réduisait à un tuyau de water-closet mal construit et dans lequel les gaz, pour trouver leur dégagement, soulevaient et faisaient retomber un clapet, ce qui occasionnait du tapage. »

Cependant 5 ans plus tard un journaliste écrivit :

« …Un cordonnier en avait profité pour se faire une réclame monstre : en moins de 8 jours, il vendit plus de 100 paires de chaussures. Au bout d'un certain temps, (*comme les problèmes de la fosses d'aisances avaient sans doute été réglés*), il crut intelligent d'imiter le bruit des esprits en frappant la nuit sur les murs avec un marteau, ce qui rendait dans la maison un bruit sourd. Le commissaire de police lui fit des observations très sévères et lui enjoignit de cesser. »

Suite à quoi le cordonnier se manifesta pour dire que tout ce qui avait été raconté sur lui était inexact. On en pensera ce qu'on voudra !

D'après Gil Blas du 5/5/1891, du 12/5/1891, La Justice du 6/5/1891, du 5/6/1891, La Lanterne du 6 mai 1891, le XIX° siècle du 18/5/1891, Le Matin du 9/6/1891, La Croix du 10/1/1892.

44, RUE D'ORSEL (PARIS, 18° ARRONDISSEMENT)

« Dans la soirée d'avant-hier (*14 septembre*), une blanchisseuse demeurant au 44 rue d'Orsel (Montmartre), entendit tout à coup, vers 9 h et demi, des coups secs, frappés à intervalles réguliers, dans le mur du rez-de-chaussée. »

« C'est l'âme de quelque martyr du temps de St Denis ! disait une vieille femme. Ou bien celle de quelqu'une des victimes de 1871 ! » Ajoutait une autre. Des gardiens de la paix, à qui on conta le fait, se contentèrent d'en rire béatement et continuèrent leur ronde. »

« Croyant que quelqu'un s'était introduit dans la cave, elle avertit le concierge, et plusieurs locataires, descendirent aussitôt dans le sous-sol, mais ils ne trouvèrent rien. Les coups cependant, continuaient à résonner dans la muraille, ils cessèrent subitement vers 10 h. Un pompier descendit dans l'égout pour se rendre compte du tapage, il ne découvrit rien. On croit que les coups entendus sont produits par l'électricité. Si le tapage se renouvelle ce soir, les pompiers seront mandés pour chercher la cause du bruit. »

« …Le pompier n'a rien découvert d'insolite. Hier soir, nous sommes retournés rue d'Orsel afin de savoir si le fait s'était reproduit, mais il nous a été répondu que l'on n'avait rien entendu depuis la veille. Néanmoins, M. Sarnot, commissaire de police, a ouvert une enquête. »

D'après La Justice du 16/9/1891, le Figaro du 15/9/1891, Gil Blas du 17/9/1891.

PLUGUFFAN (FINISTERE)

« Après s'être reposés un an (Coray), les esprits se réveillent ; ils ont choisi pour objet de leurs malices la ferme de Kermorvan dans la jolie petite commune de Pluguffan, à une douzaine de kms de Quimper.

Depuis plus de 15 jours *(début novembre)*, chaque nuit, les esprits reviennent, les meubles changent de place, les objets disparaissent.

Un matin, en se réveillant, la bonne de la ferme trouva sous son matelas un énorme couteau, qui, la veille, était dans la cuisine ; un autre jour, c'est une serpe qui est venue de la grange se planter contre le ciel du lit.

Tous les soirs, 60 à 80 personnes sont réunies dans la cour de la ferme et reçoivent l'une un caillou, l'autre une gifle, voire une pomme de terre ! Les esprits ont même la malice de ne pas la faire cuire avant de la lancer !

Quant au tapage, il a été, certaines nuits, étourdissant : un des domestiques qui dormait profondément, s'est réveillé par terre, son lit venait de se briser.

Enfin, deux braves gendarmes envoyés de Quimper ont passé toute une nuit à la ferme de Kermorvan. Ils ont été témoins des cailloux tombant de tous côtés, principalement du haut de la maison. Ils ont fouillé partout et n'ont rien découvert.

Très fatigués, comme ils sommeillaient au coin du feu, une violente gifle réveille l'un d'eux. Il étend la main et saisit…le bras de l'autre gendarme !

Ils n'ont pu que rédiger un procès verbal en bonne et due forme contre les esprits. Quant aux bonnes gens de Pluguffan, ils sont certains d'être les victimes des « villansous » !

D'après *Le Figaro du 14/11/1891*

ROUEN (RUE DES HALLES), (SEINE MARITIME)

« Depuis quelque temps, on parlait à Rouen , d'une maison, qui, disait-on , était hantée. »
C'était la maison de M. Ladgnau, boulanger, rue des Halles. »

« Les tuiles se soulevaient d'elles-mêmes, et, lancées par une force invisible, tombaient au hasard sur la tête des passants ; aux tuiles, se mêlaient des tessons de bouteilles, projetés sans le secours d'une main humaine par les lucarnes du grenier...
Les voisins étaient terrifiés et la maison où s'ébattaient ainsi les esprits ou les diables, était depuis quelque temps, veuve de locataires...

Sans rien dire à personne, le boulanger se mit en faction à un bon endroit, et monta la garde avec un fusil qu'il avait eu préalablement le soin de charger à poudre. Il attendit vainement plusieurs nuits de suite ; mais il ne se découragea point, et bien lui en prit.

Voilà qu'une nuit, vers 11 h du soir, il vit distinctement 2 grands fantômes qui couraient sur le toit ; il fit feu dans la direction : les revenants tombèrent au bruit et s'engouffrèrent par la lucarne du grenier.

Les voisins accoururent, enfoncèrent les portes de la maison, qui, n'ayant pas de locataires, n'avaient plus de gardiens, et entrèrent , bien décidés à en avoir le cœur net. Ils visitèrent tous les coins et recoins de l'immeuble, et l'on finit par mettre la main sur 2 esprits... en chair et en os. Le boulanger reconnut 2 de ses ouvriers : *Pierre Drangher, âgé de 16 ans, et Rodène âgé de 45 ans.*

On mena ces mauvais plaisants en police correctionnelle. Le tribunal les a condamnés à 2 jours de prison et à 11 francs d'amende pour « tapage nocturne et jet de corps durs »...

Mais le boulanger fut également condamné à 10 francs d'amende pour le coup de fusil qu'il avait tiré !... »

D'après le XIX° siècle du 18/12/1891, du 19/2/1892.

26, RUE DU COMMERCE (PARIS, 15° ARRONDISSEMENT)

« Depuis près de 3 mois, (*tout a dû commencer mi-septembre*), les habitants de la maison sise 26, rue du Commerce, étaient persuadés que des esprits venaient, chaque nuit, les visiter. Certains incrédules organisèrent une surveillance, mais sans résultat, car on ne remarqua rien de suspect.

Pourtant, M. Pennetier, crémier, était persuadé qu'il se passait chez lui quelque chose d'anormal, et chaque matin, en ouvrant sa boutique, il constatait qu'il y régnait un grand désordre et que des bouteilles de liqueur et des morceaux de viande avaient disparu.

La nuit dernière (*19 décembre*), vers 2 h, se trouvant à sa fenêtre au premier étage, il aperçut dans sa boutique de la lumière allant et venant. Tout aussitôt, il alla prévenir ses voisins, et, après avoir cerné la boutique de toutes parts, les plus braves pénétrèrent à l'intérieur. La légende des esprits fut alors détruite. Dans l'arrière-boutique, se tenait une locataire de la maison, la femme Sieur, âgée de 59 ans, qui, d'une main, tenait une bougie allumée, et de l'autre, un litre de cassis.

Cette femme, mise à la disposition de M. Dermigny, commissaire de police, a déclaré que depuis 3 mois, elle abusait ainsi de la crédulité de ses voisins, en venant chaque nuit prélever, tant chez l'un, tant chez l'autre, des comestibles à son usage.

Bien qu'elle soit âgée de près de 60 ans, la femme Sieur a une agilité peu commune, puisque, pour s'introduire chez M. Pennetier, il lui fallait passer par un vasistas de 50 cm2 et placé à 2 m du sol.

La femme Sieur a été envoyée au Dépôt. »

D'après le XIX° siècle du 21/12/1891.

38, RUE DUCOUEDIC (PARIS, 14° ARRONDISSEMENT)

« Les phénomènes…ont lieu , chez une dame Boll, âgée de 79 ans, qui habite, avec un jeune garçon de 13 ans et une jeune fille de 14 ans au rez-de-chaussée au fond d'une cour étroite. Le logement se compose de 2 chambres. On accède dans la première pièce en descendant une marche, la seconde pièce communique par une porte avec la précédente.

Mme Boll occupe ce logement depuis 10 ans, et s'est plainte à plusieurs reprises de son insalubrité, et depuis 4 ou 5 ans, elle avait constaté quelques trépidations, mais n'y avait attaché aucune importance. Avant qu'elle prit possession de cet appartement, il avait été interdit de le louer pour cause d'insalubrité.

Voici ce que raconte Mme Boll :

Dimanche soir (4 janvier 1892), à 11 h, les enfants et moi, nous dormions profondément, lorsque nous fumes réveillés par un vacarme indescriptible et des craquements qui se produisirent dans les meubles. Je me levai immédiatement et j'allumai une lumière. Les enfants et moi, nous vîmes alors que les chaises et 2 tables s'étaient renversées, qu'un pot à eau, qu'une forte cuvette contenant des oranges, que des verres placés sur une commode, des vitres recouvrant des chromolithographies pendues sur les murs étaient brisés.
Au moment où j'entrai dans la pièce où couche le petit garçon, je vis très distinctement un bol placé sur une table s'enlever et venir se briser au milieu de la pièce, après avoir décrit un arc de cercle. La marche sur laquelle on passe pour entrer dans la première chambre est formée d'une seule planche, dans la cavité dessous, il y avait un vase de nuit. Celui-ci s'élança tout à coup de l'endroit où il se trouvait, monta sur la marche, s'y vida, fut projeté près du lit et s'y brisa.
Affolés, les enfants et moi, nous appelâmes au secours.

Deux voisins, MM Berthe Muller et M. Guener , accoururent aussitôt ; malgré nos efforts, nous ne pouvions parvenir à ouvrir la porte. M. Berthe Muller entra par la croisée de la deuxième pièce et put alors nous désemprisonner.

Les phénomènes ayant alors cessé, ces messieurs crurent, malgré les débris de verre et de porcelaine qui couvraient le parquet, que j'avais été l'objet d'une hallucination. Mais bientôt, devant ces messieurs, les cadres des tableaux pendus aux murs, se brisèrent, les vitres éclatèrent sans que rien eût pu provoquer leur chute. Au bout de quelques instants, tout rentra dans l'ordre. Nous nous recouchâmes. Vers 3 h, mon fils adoptif fut réveillé par un bruit de vitre brisée. C'est une des boules qui ornent son lit en fer, qui a été dévissée et qui, lancée avec une grande force, passa au travers du carreau et vint tomber dans la cour. Au moment où levée de nouveau, j'entrai dans la pièce où cela venait de se passer, une lourde armoire pleine de vaisselle et d'ustensiles de cuisine fut précipitée à terre et brisée ainsi que son contenu.

M. Percha, le commissaire de police du quartier, parait peu disposé à admettre que les faits dont il s'agit aient une origine surnaturelle.

- Je n'ai rien vu, dit-il, et je n'explique rien. On m'a fait des déclarations que j'ai enregistrées. Je suis allé ainsi que je le devais , faire des constatations sur les lieux, mais il ne m'a pas été donné d'assister à aucune de ces manifestations, dont Mme Boll et ses voisins m'ont parlé. »

Il est intéressant de relever différentes versions des faits racontés par Mme Boll au travers de la presse concernant a nuit du dimanche 4 janvier 1892. Cependant le même journal que le précédent évoque un jour plus tôt des phénomènes ayant eu lieu entre le 1° janvier et le 4 janvier :
« Dans la nuit du 1° janvier, , Melle Boll, âgée de 15 ans, a déclaré qu'elle s'était levée effrayée. Elle entendait *verser du sable le long des fenêtres de sa chambre à coucher.* Elle ouvrit la fenêtre et ne vit rien d'anormal. La fenêtre fermée, le bruit se renouvelle.

A la même heure, dans la chambre de Mme Boll mère, les cadres des tableaux accrochés au mur se brisaient. Un portrait de Béranger tombait à terre, détaché de son cadre ; les chaises dansaient une sarabande effrénée. Ces mêmes phénomènes se reproduisirent le lendemain, tandis que, dans la cuisine de l'appartement, la vaisselle était brisée.

Le 4 janvier, l'armoire à glace de Mme Boll tombait dans sa chambre avec fracas.

Enfin, hier, (5 janvier ?) les boules en fer de son lit étaient projetées dans la cour par une force inconnue.
Tous les autres articles se réfèrent à la nuit du dimanche 4 janvier avec des variantes :
« …dans la nuit de dimanche à lundi, les chaises et les tables avaient dansé un cancan pire qu'au Moulin Rouge, un pot à eau, une cuvette, des verres s'étaient brisés ; un bol placé sur une table s'était élevé en tournoyant dans les airs ; enfin, le vase (de Mme Boll) était sorti tout seul de la table fermée qui le contenait pour aller se promener sur le parquet… »

« L'avant-dernière nuit (4 janvier), Mme Boll a été réveillée par un fracas épouvantable, un bruit de vaisselle brisée… La bonne dame , affolée, avait des yeux énormes, et à la lueur de sa veilleuse, vit distinctement par terre, les débris de la cuvette, cependant que le port à eau, prenait son vol vers le plafond. Au même moment, le vase de nuit se dirigeait vers la fenêtre dont il cassait les vitres. »

« Dimanche soir, (4/1) alors qu'elle attendait l'arrivée des enfants qui étaient au théâtre, Mme Boll se retourna brusquement en entendant un bruit. C'était son pot à eau qui venait de se fendre en 3 morceaux. Elle n'eut pas le temps de se lever pour examiner la cause du bris, un petit bol placé sur une table venait de décrire un arc de cercle et de se briser dans la chambre. Ce fut alors une danse folle de tout ce qui était vaisselle et verrerie. Un globe sous lequel Mme Boll gardait précieusement la couronne de fleurs d'oranger de son mariage, se fendait en 4 morceaux ; la lampe à pétrole se brisait avec un bruit sourd. Affolée, la vieille dame appela au secours. Un voisin, M. Berthe Muller arrivait aussitôt avec M. Guener, un tourneur en optique, qui habite le logement au-dessus de celui de Mme Boll. Les phénomènes ayant alors cessé, ces messieurs ajoutèrent d'abord peu de foi au récit qui leur était fait. Ils crurent que la locataire du rez de chaussée était devenue subitement folle. Mais, au bout d'un moment, voilà que 2 gravures sous verre, accrochées au mur tombèrent en même temps. Stupéfait, M. Guener chercha à approfondir le mystère. Il sonda le mur, ouvrit les placards, examina le plancher et ne trouva rien. Tout étant rentré dans l'ordre, Mme Boll se coucha tremblante et une partie de la nuit se passa sans incident. Le fils adoptif de la vieille dame se coucha également. Vers 3 h du matin, il fut réveillé par un bruit de vitre brisée. Il se leva, alluma la bougie, et s'aperçut que la boule de son lit de fer venait de sauter. Elle avait traversé le carreau de la porte d'entrée, pour aller tomber dans la cour, à côté du robinet de la pompe. »

« Au milieu de la nuit (4/1), la dame Boll avait été réveillée par un bruit épouvantable : les glaces se brisaient, les bibelots de sa chambre s'agitaient d'une façon peu rassurante, pendant que les meubles , se mettant de la fête, dansaient une sarabande endiablée au milieu de la pièce… La pauvre locataire appela au secours. Les voisins accoururent et constatèrent les dégâts occasionnés par la bande des esprits rageurs… »

« Cette nuit (4/1), je dormais profondément quand vers 1 h du matin, je fus réveillée en sursaut par une forte secousse. Je regardai autour de moi, et je vis que les chaises de ma chambre avaient été renversées. Une autre secousse, plus forte que la précédente, brisa les glaces des portraits qui ornent ma chambre à coucher, et fit sauter les bibelots qui se trouvaient sur ma cheminée.

Terrifiée, j'appelai au secours ; on vint, et mon armoire à glace s'abattit aux pieds des voisins que mes cris avaient attirés. Les voisins cités par Mme Boll confirmèrent ses dires et mirent le mystérieux vacarme sur le compte des esprits frappeurs… »

« Mme Boll a été tout à coup réveillée l'avant dernière nuit (4/1), par un bruit étrange. Elle se figurait qu'ion répandait des tombereaux de sable dans la pièce au-dessus de sa chambre à coucher. Tout à coup, 4 chaises se renversèrent d'elles-mêmes, et toutes les vitres des gravures dont elle avait orné les murs dze sa chambre, se brisèrent ; le portrait de Béranger, seul, fut épargné. Mme Boll appela au secours. Avant l'arrivée des voisins, les 4 boules de son lit sautèrent au plafond et retombèrent avec un bruit épouvantable…

Les témoins ont vu les débris de verre jonchant le sol, les chaises renversées et les boules à terre. Plusieurs d'entre eux auraient même été témoins de faits inexplicables. Un cordonnier affirme que, sous ses yeux, un verre et une carafe ont quitté une commode pour se rendre sur un autre meuble… Enfin, l'armoire est tombée tout à coup sur le parquet en faisant un bruit effroyable… »

Le commissaire a-t-il vraiment été témoin de ces faits ? Là encore, plusieurs versions s'opposent :
« Du reste, les phénomènes se reproduisirent devant lui (le commissaire de police : M. Percha). il dut empêcher de tomber une armoire pleine d'objets de ménage et il assista à la danse de la table et des chaises. Mieux que cela encore. Le commissaire avait fermé la porte d'entrée derrière lui et il fut impossible de la rouvrir. Mme Boll ne couche plus dans son logement depuis lundi (5/1). Un locataire de la maison lui a offert l'hospitalité tandis que M. Guener a recueilli les enfants. »

« Devant le commissaire, dit Mme Boll, ma table de nuit s'est ouverte et le vase est venu se précipiter aux pieds du magistrat ! M. Percha, n'avait au contraire, rien remarqué d'insolite. »

Alors quelles ont pu être les causes de ces phénomènes s'ils ont vraiment eu lieu dans l'appartement de Mme Boll ?

« Le phénomène s'explique par ce seul fait que le pavillon est construit au dessus des catacombes et que le terrain a dû subir pendant la nuit un mouvement de dépression ou plutôt un tassement qui aura ébranlé la maison. »

« Derrière le mur mitoyen qui sert de fond au logement occupé par Mme Boll, existe une fosse d'aisances. Immédiatement à côté se trouvait autrefois un dépôt de fumier qui n'a disparu que depuis 2 ans. Des gaz délétères accumulés sous le sol se seraient dégagés par des fissures du terrain, et constituant de puissants courants de force, auraient déplacé ou brisé des objets. »

N'y aurait-il pas eu des causes ou raisons humaines dans cette affaire ?

« M. Percha, commissaire de police, la crut folle, mais après enquête, il apprit que Mme Boll réclamait depuis longtemps à son propriétaire certaines réparations qu'il refusait d'effectuer. »

« L'unanimité des témoignages en ce sens et leur origine ont surpris M. Percha, le commissaire de police, qui a procédé à l'enquête. De plus, parmi les objets brisés, certains, parmi lesquelles notamment un bol de porcelaine que la fameuse force mystérieuse aurait littéralement coupé en 2, portent des marques de coups. Ces observations ont amené le magistrat à se demander si l'on ne se trouverait pas en présence d'une sorte de complot préparé par ceux-là mêmes qui se montrent les plus émus, dans le but d'obtenir d'un propriétaire récalcitrant, parait-il, des réparations jusqu'ici obstinément refusées.

Une personne entendue par M. Perche au cours de ses perquisitions a dit : « Il n'y a rien d'étonnant à ce que des pareils faits se produisent puisque le propriétaire n'a jamais voulu faire ici les réparations qu'on lui réclamait !

De plus, Mme Boll dès sa première visite au commissariat a montré l'intention de réclamer au propriétaire des dommages-intérêts... »

33

Des marques de coup et une rayure sur un médaillon !

« Tenez, nous dit Mme Boll, voilà un médaillon en platine recou-
vert d'une couche de peinture brune : c'est le portrait de mon fils,
qui a été tué à Gravelotte. Samedi, ce médaillon était intact. Voyez
dans quel état et se trouve. Une raie qu'on dirait tracée avec un
couteau a enlevé la peinture et a suivi le contour de la tête..

D'autres mensonges de Mme Boll ?

« Depuis dimanche soir, il m'a été impossible d'allumer du feu car
mon charbon s'éteint dès qu'il est allumé. Pendant que ces phénomènes s'accomplissent, il me semble que du sable glisse le long des
murs... »

Cette affaire eut l'effet rapide d'attirer dans la maison ou autour, un nombre
important de spirites :

« Comme il fallait s'y attendre, les spirites se sont émus de l'apparition des esprits frappeurs... Ils se sont réunis à minuit chez Mme
Boll et ont fait une cabalistique évocation. Un des esprits, docile, a
répondu qu'il était l'oncle du jeune garçon orphelin que Mme Boll
avait recueilli, qu'il s'était suicidé il y a 2 ans, ayant été « envoûté »
au moyen d'un dessin représentant des fleurs dans un losange,
lequel dessin avait été placé par son neveu, à la tête de son lit...
L'esprit vient donc tourmenter Mme Boll pour que cet envoûtement cesse. Comme preuve de sa présence, l'esprit a éteint la lampe
à pétrole. »

Ces séances de spiritisme, selon le commissaire de police, étaient payantes :

« Ce que je vois de plus clair dans cette affaire , ce sont les 40
francs en pièces de 20 et de 40 récoltées par la veuve Boll, ce qui lui
permettra de payer son terme et de renouveler sa vaisselle ! »

D'après le Gaulois du 8/1/1892, du 9 /1/1892, le Matin du
8/1/1892, le Figaro du 9/1/1892,10/1/1892, Gil Blas du
11/1,/1892, La Justice du 9/1/1892 ,La Lanterne du 10/1/1892,
La Presse du 10/1/1892, Le Rappel du 9/1/1892, Le XIX° siè-
cle du 10/1/1892, Le Journal des Débats du 9/1/1892.

163, RUE DE VAUGIRARD (PARIS, 15° ARRONDISSE-MENT)

« On se souvient de la maison hantée du Boulevard Voltaire qui excita l'an dernier la verve de nos chroniqueurs. On ne sut jamais exactement la cause des bruits insolites qui se produisaient chaque nuit dans cette maison laquelle redevint tout à coup calme et silencieuse, peut-être disent les sceptiques à causes des menaces que le commissaire de police du quartier adressa à quelque locataire de l'immeuble.

La rue de Vaugirard a eu également ces jours-ci une de ses maisons « hantées » : celle portant le N° 163.

De longs gémissements, suivis de chocs pareils à des coups de marteau, se faisaient entendre, affolant les habitants de la maison. On crut tout de suite aux esprits frappeurs et l'on courut chercher le commissaire de police du quartier, M. Duponnois.

Celui-ci, que l'émotion publique n'avait point atteint, constata l'existence des bruits que l'on lui signalait et après avoir visité la maison en tous sens, il ne tarda pas à reconnaître que gémissements et coups étaient produits par une colonne d'eau lancée avec force dans une conduite coudée. Les robinets furent fermés et le silence régna… »

D'après le Gaulois du 31/10/1892.

20, RUE DE LA SOURDIERE (PARIS, 1° ARRONDISSE-MENT).

Les phénomènes ont eu lieu dans la semaine du lundi 28 novembre au dimanche 4 décembre 1892...

« Depuis 3 jours, les habitants d'un appartement situé au second étage de la rue de la Sourdière, sont mis en émoi par des bruits étranges qui se produisent dans leur cuisine... »

« M. Albat, commissionnaire en tissus, y vit avec sa femme, sa mère, sa tante et sa nièce : une jeune fille de 15 ans... »

« Leur petit logement est divisé en 2 parties séparées par un couloir. A gauche se trouvent les chambres à coucher, le salon et la salle à manger donnant sur la rue ; à droite, une cuisine et une petite chambre de bonne attenant à la cuisine. »

« Cette cuisine assez vaste, a été divisée en deux par une cloison vitrée. Dans une de ces pièces, couche une parente de M. Albat, le locataire. »

« Lundi soir *(Le 28 /11)*, cette dame était couchée quand elle entendit un grand bruit dans la cuisine. Effrayée, elle se leva et constata avec stupeur que la batterie de cuisine avait été jetée à terre. Elle appela son neveu qui la rassura et n'attacha pas, tout d'abord, d'importance à cet incident.
Depuis, à plusieurs reprises, mardi et mercredi, les mêmes faits se sont reproduits. »

« Mardi dernier *(29/11)*, vers 8 h du matin, suite à un bruit retentissant, M. Albat alla dans sa cuisine, et vit des casseroles et divers objets de ménage fixés au mur, projetés avec une force extraordinaire au milieu de la salle. Tous les clous dont quelques-uns mesurent 5 cm, ont été arrachés et lancés de toutes parts. M. Albat...

entra dans la cuisine et attendit en lisant son journal. Il était alors 9 h du matin. Dans une petite casserole, cuisait un œuf. Tout à coup, la casserole et l'œuf sautèrent, puis une brique se trouvant sur le fourneau, fut lancée à une distance de 1 m. Un buffet fut renversé. Des clous, des planchettes des étagères projetées par une force étrangère allèrent frapper le mur opposé. Des vitres furent brisées... Ces phénomènes se manifestèrent à 8 h du matin, 12 h et à 8 h du soir... »

« A plusieurs reprises, les locataires ont essayé de reclouer ces planches ; quelques heures après, une force invisible les arrachait de nouveau. »

(Sans doute le mercredi 30/11)

« Dans la petite chambre séparée de la cuisine par une cloison vitrée, un crucifix accroché au mur, a bondi 2 fois et est venu étoiler la vitre. On l'a accroché derechef avec un clou énorme. Cette fois, le clou a tenu bon, mais le crucifix s'est détaché de son anneau et a recommencé ses culbutes. »

« ...Un cercle de fonte fermant la bouche à feu d'un fourneau a été soulevé et lancé avec tant de force qu'il a brisé le carreau d'une porte et qu'il est venu blesser dans une pièce voisine la tante de Mme Albat... »

« ...Un lapin que l'on voulait simplement faire sauter à la poêle a rebondi jusqu'au milieu de la pièce ... »

« Les casseroles, poêles, marmites et chaudrons se décrochent violemment de la muraille et vont rouler jusqu' à l'autre extrémité de la pièce. Si on les attache avec des ficelles, ils se trémoussent et s'entrechoquent contre les murailles... »
« Tous ces faits nous ont été confirmés par M. Albat qui n'a pas quitté sa cuisine tout le temps que ces phénomènes anormaux se produisaient.

Un ouvrier en a également été témoin ainsi que divers employés de M. Albat qui fait un commerce de draps. »

« Hier matin *(jeudi 1 décembre ?)*, même, à 11 h et quart, des casseroles, des briques, le buffet ont été encore une fois renversés. »

« Le matin, pour faire le chocolat, la nièce de M. Albat a du maintenir fortement la casserole récalcitrante qui, par 3 fois, s'était élancée du fourneau où on l'avait posée ».

« …Une foule de spirites , de reporters ou de simples voisins n'ont cessé *(le 2/12)* de venir carillonner au N°20 de la rue de la Sourdière. M. Albat n'a reçu personne d'autant que sa mère qui relevait de maladie, vient de voir son état s'aggraver à la suite des mystérieux évènements survenus dans la maison. Les architectes des N°20 et N°22 de cette rue ont examiné les locaux. Les appartements contigus à ceux de la famille Albat ne sont point occupés par des frères de la doctrine chrétienne bien qu'ils en soient propriétaires. De l'autre côté du mur mitoyen avec le N°20, habite une famille bourgeoise, chez laquelle, il ne s'est produit aucun des faits étranges… »

« L'architecte de l'immeuble prévenu s'est rendu sur les lieux et n'a pu encore se prononcer. On croyait tout d'abord que des maçons qui travaillent à une maison voisine étaient cause de ces chutes mais on a reconnu que les coups de pioche étaient donnés trop loin de la cuisine pour produire ces faits. »

« … L'architecte du propriétaire a constaté que d'anciens tuyaux et d'anciennes conduites d'eau et de gaz passent dans la cuisine où se sont produits spécialement les bruits en question. Or, ces tuyaux traversent également la maison voisine portant le N°22, achetée récemment par les frères des écoles chrétiennes et dans laquelle on fait en ce moment des travaux considérables afin d'y aménager une école… Détail curieux : depuis la visite de l'architecte et du commissaire de police, les casseroles sont rentrées dans le calme le plus complet… »

« Samedi (*3 décembre*), les esprits ont donné une dernière représentation…Les 4 membres de la famille Albat venaient de se mettre à table vers 7 h lorsque s'est produit un fait encore plus surprenant. M. Albat se disposait à plonger la louche dans la soupière qu'on venait d'apporter quand le potage, du vermicelle au beurre, se mit à bouillonner, et, s'élevant en grosses bulles, au-dessus du récipient, se répandit sur la nappe en produisant un léger grésillement. La stupéfaction des assistants doublée d'une grande terreur à la vue de ce nouvel exploit des méchants esprits n'avait pas eu le temps de se calmer qu'un nouveau bruit venant de la cuisine, faisait encore sursauter les pauvres gens. On aurait dit que du lait en train de bouillir, se répandait sur le fourneau surchauffé. On accourut et que vit-on ? Tous les morceaux d'un lapin cuit à point dans une sauce de haut goût et n'attendant dans la casserole que le moment d'être servis, étaient sortis et se promenaient dans la cuisine… M. De la Londe fut avisé de ce double évènement.. »

« Dans la salle à manger ont été brisés plusieurs bouteilles, des pots de confiture, un candélabre et quantité d'autres objets. Une grande lampe à huile a été jetée à terre tachant tout le parquet. Enfin, la nuit dernière, à minuit et quart, M. Desjardins principal locataire de la maison a requis 2 gardiens de la paix qui sont montés à l'appartement et ont constaté les dégâts. Dans la cuisine, ils ont trouvé tous les ustensiles dans un état pitoyable. Les locataires épouvantés se disposaient à quitter l'appartement en même temps que les agents, ceux-ci ayant déclaré ne pouvoir passer la nuit sur les lieux. Au moment même, où les agents se retiraient, ils entendirent un grand bruit dans la cuisine. Une lampe et un encrier qu'ils avaient vus intacts quelques instants avant, gisaient à terre. Absolument affolés, M. Albat et sa famille, accompagnés des agents, sont allés coucher à l'hôtel. »

« Le calme parait être revenu parmi les casseroles et les assiettes de la maison (*à partir du dimanche 4 / 12*) »

« M. Lozé vient de demander (*vers le 5 décembre*) à M. de la Londe, un rapport complet sur les faits qui se sont produits rue de la

Sourdière, au domicile de M. Albat. Aussitôt qu'il aura reçu ce rapport, le préfet de police déléguera M. Girard et un architecte pour ouvrir une enquête sur les causes des invraisemblables incidents qui ont contraint M. Albat à quitter son domicile. »

« Le calme parait être revenu parmi les casseroles et les assiettes de la maison de la rue de la Sourdière ,mais les locataires couchent ailleurs. M. De La Londe est persuadé que ces bizarres phénomènes sont l'œuvre de quelque mauvais plaisant. »

« Monsieur de la Londe, commissaire de police de la place Vendôme, s'est rendu dans la maison de la rue de la Sourdière (*le 7/12*) que l'on prétend hantée par des esprits ; il y est resté quelque temps, et n'a constaté rien d'anormal. Il a rédigé un rapport dans ce sens qu'il a adressé au préfet de police lequel a donné des ordres pour que la maison hantée soit visitée par M. Girard, directeur du laboratoire municipal et par un architecte de la ville. »

« M. Girard, directeur du laboratoire municipal, s'est rendu hier *(9/12 ?)*, à la maison hantée, rue de la Sourdière. Il a constaté que tous ces bruits avaient cessé depuis le départ de la nièce... Cette personne était malade et dans un état de nervosité extrême. (atteinte d'hystérie, elle s'était amusée à terroriser les locataires en brisant la vaisselle et en renversant les meubles) .»

« ... La jeune fille ne s'est trouvée qu'une seule fois dans la cuisine au moment où se sont produits les curieux incidents ! »

D'après la Presse du 2/12/1892, du 11/12/1892, Le Matin du 2/12/1896, du 3/12/1896, Le Journal des Débats du 2/12/1892, du 4/12/1892 Le Temps du 10/12/1892, La Croix du 7/12/1892, La Justice du 3/12/1892, 6/12/1892, Le Gaulois du 8/12/1892, Le Figaro du 9/12/1892, La Lanterne du 3/12/1892, 4/12/1892, du 7/12/1892, le XIX° siècle du 11/12/1892.

DIALOGUE ENTRE UN JOURNALISTE ET M. LEYMA-RIE DU MOUVEMENT SPIRITE FRANÇAIS

- Certainement, les maisons où se produisent tous ces phénomènes sont hantées par des esprits. Il est nécessaire que les essences des êtres manifestent, de temps à autre, leur existence.

« Vous vous moquez de nous, font-ils, attendez un peu !..La police prétend que nous n'existons pas, nous allons lui donner du fil à retordre. »

Et les meubles dansent des sarabandes, et des objets d'étagères et des ustensiles dégringolent.

- Les enquêtes administratives ont sans doute vite fait d'établir la raison physique de ces accidents ?

- Jamais ! Voyez le boulevard Voltaire, la rue de la Sourdière ! Les architectes de la ville, les chimistes, à moins d'être de mauvaise foi, ne découvriront rien de plus. Il leur serait pourtant si simple d'avouer avec nous, qu'il y a là, un être humain, un médium passif et inconscient, intermédiaire entre l'âme flottante et le monde des vivants permettant à cette âme de se manifester.

- Ces accidents sont-ils fréquents ?

- Plus qu'on ne le croit. Seulement, les journaux ne les enregistrent pas toujours. Ils sont constants, dans la nature et datent de la plus haute antiquité. J'ai connu les phénomènes de Viry-Noureuil, ceux de Coray...A Java, en Indonésie, ces persécutions sont presque journalières. Les archives du gouvernement hollandais en regorgent.

- Etant données les circonstances de vos récits, et les endroits où vous les placez, le spiritisme doit surtout complaire aux cerveaux faibles et ignorants ?

- Vous n'allez pas dire qu'en France, sous 200 000 spirites pratiquants, se cachent 200 000 imbéciles ? Et nous ne comptons pas les spirites inavoués. Nous avons parmi nos adeptes des généraux, commandants de corps d'armée, des auteurs dramatiques, des écrivains. La magistrature donne en masse !

- C'est pour cela qu'elle rêvasse souvent !

- En plein conseil des ministres, lors des discussions importantes, la reine d'Angleterre ne manquera jamais d'aller dans une pièce voisine demander conseil à l'ombre du prince Albert. Aujourd'hui, le spiritisme, le magnétisme sont tellement en vogue, que tous désirent les connaître.

- Mais ce que nos bons ancêtres appelaient envoûtement ou suggestion à distance est-il encore pratiqué ?

- Oui, et par le directeur des études de l'Ecole polytechnique : le colonel de Rochas. Tout le système repose sur l'atmosphère fluidique, la force extériorisée qu'une onde magnétique ou hypnotique répand au loin , autour de lui…Nous possédons un fluide intelligent qui ne meurt jamais ; il tend, au contraire, à avoir des relations avec le monde extérieur, dès qu'il est séparé d'un corps par la mort, en attendant qu'il s'attache à un autre. C'est pendant cette période transitoire qu'il se manifeste aux habitants de la terre, et produit, par l'intermédiaire du médium, les phénomènes d'ordre spirite : tables tournantes, coups frappés dans la table, typtologie, écriture, soulèvement des meubles…

D'après Le Matin du 11 décembre 1892.

RUE FONTAINE ET RUE BLANCHE
(PARIS, 9° ARRONDISSEMENT)

« Les immeubles portant les numéros 45 et 47 de la rue Fontaine et 100 et 102 de la rue Blanche forment à l'angle de ces rues un pâté de maisons ayant une cour commune. »

« Chaque soir, dans la cour commune, il tombe -d'on ne sait où- des bouteilles de Saint-Galmier (vides bien entendu) qui se brisent avec fracas sur le pavé. »

« Le tapage st accompagné d'une pluie de bouteilles, de boites à sardines, de casseroles, d'aliments de toutes sortes…
Le concierge du 45 rue Fontaine qui a sa cuisine dans la cour, n'ose plus s'y rendre de peur de prendre quelque chose sur la tête. »
La nuit dernière, une rôtissoire et une dizaine de casseroles sont tombées dans la cour d'on ne sait où.
Le propriétaire a informé M. Cornette, commissaire de police du quartier St Georges, et ce magistrat a ouvert une enquête qui aboutira sans nul doute à l'arrestation des « esprits » tapageurs. »

« Le commissaire de police , M. Cornette, accompagné de son secrétaire, a constaté lui-même, les faits car la pluie de bouteille a recommencé devant lui… »

« Hier, on a surpris une des locataires au moment où elle lançait par une fenêtre une terrine vide : Mme X a été conduite chez le commissaire de police qui a dressé procès-verbal. »

« … L'esprit, depuis 6 mois, continuait ses petites farces. Comme tout a une fin, on a pincé hier, sans l'aide de la police, l'esprit tapeur ; c'est une bonne femme qui avait ses nerfs. Il faudrait soigner ça ! »

« Le secrétaire de M. Cornette…mit un zèle excessif dans cette affaire et fit venir à son bureau, une dame F… et sa bonne qu'il accusa sans preuves d'avoir jeté les projectiles par la fenêtre. Madame F protesta, mais il parait qu'elle resta pendant 5 heures au commissariat sous la menace d'être envoyée au Dépôt. Indignée d'avoir été traitée de la sorte, madame F... a adressé une plainte au préfet de police. En attendant, presque chaque soir, les faits se renouvellent dans les immeubles précités. A la préfecture d'aviser. »

D'après Le Gaulois du 4/1/1893, du 24/3/1893, Le Figaro du 2/1/1893, La Justice du 4/1/1893, La Lanterne du 25/3/1893, Gil Blas du 28/3/1893.

211 BOULEVARD VICTOR HUGO. CLICHY (HAUTS-DE-SEINE)

« Plusieurs locataires de la maison située Bd Victor Hugo 211, se présentaient hier au commissariat de police et déclaraient que depuis quelque temps on entendait la nuit des voix mystérieuses qui se plaignaient et gémissaient. «
« M. Rely, sceptique visita minutieusement la maison hantée et découvrit que ce qui avait été pris pour des plaintes et des gémissements était tout simplement le bruit de l'eau suintant entre le corps de pompe et le mur ».

« D'après La Presse du 4/6/1893. »

SAINT-MAUR (VAL DE MARNE)

« Un ingénieur M. Lange qui habite une charmante villa à St Maur recevait il y a 2 jours la visite d'un de ses amis : M. Mercier. Comme ils travaillaient tous deux fort avant la nuit, M. Mercier entendit vers 3 h du matin du bruit au salon. Il perçut également un bruit de pas dans la pièce indiquée ; les pas étaient précipités comme ceux de plusieurs personnes agitées qui cherchaient à gauche et à droite. Plus de doute, des cambrioleurs s'étaient introduits dans la maison. M. Lange réveilla sa femme prit un revolver, tandis que son ami s'armait d'un sabre de cavalerie. Le salon fut assiégé militairement, mais on eut beau perquisitionner, on ne trouva personne.

Les 2 amis se réjouissaient déjà, lorsque les bruits recommencèrent, en même temps, que des mains crispées semblaient gratter sur la porte.

(Dans un autre journal, on s'aperçoit que M. Mercier par 2 fois, a appelé son ami : soit M. Lange est sourd, soit M. Mercier veut inquiéter son ami !)

M. Lange nous affirme que portes et fenêtres étaient hermétiquement closes. Il n'y a point d'animal chez lui et déclare qu'il n'y a aucune manière d'expliquer ces bruits. Son seul désir serait de les voir plus souvent se répéter afin de les mieux contrôler.

(Dans un autre journal, M. Lange évoque un chien lors du premier appel de M. Mercier)

Les phénomènes spirites ne lui sont pas inconnus. St Maur possède un nombre considérable d'adeptes. »

Doit-on évoquer dans ce récit, quelques épisodes de la maison des Lange ?
-Une maison qui aurait vu mourir la petite fille du propriétaire de M. Lange
-Une maison qui aurait été pillée et squattée par un architecte qui avait aménagé une sortie dans le toit alors que la maison, pourvue à l'époque d'un seul

étage, était inhabitée et verrouillée de toutes parts. On avait cru que la maison ,
qui s'éclairait de temps en temps, était hantée.
- Une maison où les Lange ont pu (avec M. Mercier, entre autres notables)
pratiquer des séances de spiritisme. »

D'après Le Gaulois du 29/8/1893, Gil Blas du 30/8/1893.

AVENUE DE NEUILLY (PARIS, 16° et 17° ARRONDISSE-MENT)

« Un curieux procès va venir prochainement devant les tribunaux. Une bande de rats avait envahi une maison particulière de l'avenue de Neuilly.

Le locataire, étant parvenu à prendre vivant un de ces hôtes, aussi rongeurs que voraces, eut l'ingénieuse idée (bien connue en Hollande, le pays des rats) de suspendre une petite clochette au cou de son prisonnier et de lui rendre la liberté.

 Le rat alla naturellement rejoindre ses congénères, qui effrayés par le bruit de la clochette, désertèrent la maison et s'en furent chez le voisin. Celui-ci réveillé une nuit, deux nuits, toutes les nuits par un tintement argentin provenant de l'intérieur des lambris, fut pris de peur, crut sa maison hantée par les esprits et pendant plusieurs semaines, vécut lui et sa famille, dans des transes perpétuelles.

 Ce n'est que tout dernièrement par l'indiscrétion d'une servante renvoyée qu'il apprit d'où provenaient les bruits qui lui avaient fait si grand peur.

 Il a bien ri en apprenant l'histoire, mais il n'a pas désarmé et il se dispose à attaquer son voisin pour tapage nocturne l'ayant empêché de jouir pendant plusieurs semaines des différentes pièces de son appartement »

D'après Le Gaulois du 29/10/1893.

12, RUE DES ECOLES ARCUEIL-CACHAN (VAL-DE-MARNE)

« Au N° 12 de la rue des Ecoles, à Arcueil-Cachan, demeure le vicomte de Larnage. »

« Il réside avec sa femme, ses 2 fils, une fille et une bonne. La vicomtesse de Larnage est la petite fille du marquis de Chastenet de Puysegur, le propagateur du magnétisme animal et l'auteur des Recherches sur l'homme dans l'état de somnambulisme.»

« L'immeuble, entouré de murs, est très isolé. Le vicomte est bien ennuyé depuis un mois et il a été conté sa peine à M. Michaut , commissaire de police de Gentilly. La maison du vicomte de Larnage est hantée, rien que ça ! les vitres de ses fenêtres sont traversées par des projectiles mystérieux lancés avec une telle force qu'ils y font une ouverture sans éclats ; seul, un fusil nouveau modèle ou une arme encore inconnue pourrait produire pareil effet. . »

« Les pierres ont une forme et une couleur spéciale. Elles semblent provenir des ruines d'un édifice très ancien : grosses comme le poing, elles font dans les carreaux un trou très régulier…On a cru à un moment que la maison était assaillie par des projectiles lancés par une catapulte lointaine mais une minutieuse enquête a fait abandonner cette idée… »

« …Même une fois les persiennes fermées, les carreaux continuent à se briser en mille morceaux.. »

« Ce n'est pas tout. Dans toutes les pièces de l'appartement, on entend jour et nuit, des cris, des hurlements. M. Michaud a fait établir une surveillance par les gendarmes et les agents dont il dispose. Les vitres qui restaient intactes, ont continué à tomber, mais on n'a pas découvert l'auteur de ces méfaits. En face de la maison du vicomte, habite M. Perette (ou De Peretty), ancien commissaire spécial de police. Son caractère s'opposait à ce qu'il pût être soupçonné ; on s'assure, cependant, que les projectiles ne partaient pas de chez lui. Non, rien de ce côté. Impossible de rien découvrir. Il n'y a plus de vitres chez le vicomte de Larnage. »

« Mme la vicomtesse de Larnage a mis de l'eau bénite partout… »

« …Un émissaire très effrayé vient d'avertir la gendarmerie que les esprits s'étaient transportés au couvent voisin, où ils commencent à faire rage.. »

« ..Une autre bonne nouvelle est venue calmer les inquiétudes du voisinage, la Société des études spirites se transporte sur les lieux pour conjurer le malin… »

« On vient de se convaincre que les esprits frappeurs de la maison hantée habitée par le vicomte sont tout simplement une bande de mauvais drôles qui se sont amusés à casser les vitres à coups de pierres. Le tout Arcueil-Cachan s'amuse beaucoup, parait-il, du bruit que cette histoire a fait à Paris. »

« La police locale croit que l'auteur de cette déplorable fumisterie est un domestique de M. Larnage qui aurait agi par vengeance. »

D'après Le XIX° siècle du 23/12/1893, du 25/12/1893, Le Rappel du 24/12/1893, Le Matin du 23/12/1893, du 26/12/1893.

RUE RAMBUTEAU (PARIS, 1° et 4° ARRONDISSEMENT)

« Un concierge de la rue Rambuteau entrait dernièrement dans le bureau de M. Duranton , commissaire de police du quartier St Gervais.

Toutes les nuits, dit-il au magistrat , je suis réveillé par des cris « Au feu ! au feu ! » qui partent du 6° étage. Je monte, le feu est éteint comme par enchantement, mais des esprits ont laissé des traces : le bas des portes est calciné, une forte odeur de pétrole règne dans l'escalier.

Peu enclin, par nature et par profession à croire ax farfadets, M. Duranton pensa que le malheureux concierge était victime de quelque mauvais farceur.

Il posta 2 agents en bourgeois aux abords de la maison hantée, avec ordre de le prévenir.

La nuit se passa sans incidents, mais à 5 h du matin, le concierge accourut : « Voilà le sabbat qui recommence ! ».

M. Duranton fut averti. Il arriva aussitôt et monta au 6° étage, où 2 chambres seulement sont occupées. Dans l'une, il trouva une femme , se disant malade, et qui, à toutes les questions, répondit en se lamentant.

Mais le concierge avait dit vrai, les boiseries étaient légèrement brûlées et une forte odeur de pétrole se dégageait dans le couloir.

M. Duranton fit une perquisition dans la chambre de la malade : il trouva des fragments de journaux à demi consumés et un litre de pétrole.

Pressée de questions, la femme raconta qu'à certaines heures, poussée par une force irrésistible, elle se levait, préparait des torches de papier qu'elle arrosait de pétrole et qu'elle allait allumer en bas des portes.

Aussitôt cet acte accompli, elle était prise d'épouvante, se hâtait d'éteindre les torches en marchand dessus et regagnait son lit en criant « Au feu ! ».

La monomane (*)a été dirigée sur l'infirmerie du Dépôt. »

D'après *Le Petit Parisien* du 28/8/1894.

(*)En_psychopathologie et psychiatrie du XIXe siècle, la **monomanie** est un délire caractérisé par une préoccupation unique.

La monomanie intellectuelle caractérise un patient obsédé par une ou plusieurs idées délirantes. La monomanie affective ou raisonnante concerne un patient qui peut conserver une certaine conscience de son trouble, contrairement à la monomanie émotionnelle pour laquelle une ou plusieurs émotions abolissent son raisonnement et sa volonté.

Le psychiatre J.E Esquirol crée en 1838, la classe des monomanies ou plus exactement remplace la mélancolie par la lypémanie et la monomanie.

Après les années 1850, la monomanie disparaît en tant que critère de diagnostic en psychiatrie et n'apparaît plus dans le *Manuel diagnostique et statistique des troubles mentaux*.

Néanmoins, un certain nombre de troubles psychiatriques autrefois classés comme monomanies sont toujours admis, comme le trouble des habitudes et des impulsions ou le trouble des conduites.

Pascal Thebeaud

HALLUCINATIONS CHEZ LES INDIVIDUS SAINS.

« Une société anglaise de statistique a eu l'idée de rechercher combien il y a d'individus qui, n'étant ni aliénés, ni délirants, perçoivent de leurs yeux des objets ou des êtres animés qui n'existent pas, entendent des voix sans cause extérieure, ou éprouvent des sensations de contact sans que personne ne les touche. L'enquête a été faite par un questionnaire qu'on a répandu à profusion dans les 5 parties du monde. Dans l'espace de 2 ans, on a recueilli 17 000 réponses dont 2272 affirmatives.

L'immense majorité des hallucinations ont été visuelles ; ce sont des apparitions d'objets inanimés et plus souvent de personnes, qui se montrent dans les appartements déserts. La plupart du temps, les choses se passent ainsi : un correspondant raconte qu'il était tranquillement dans sa salle à manger, prenant une tasse de thé (en Angleterre) ; ses yeux vont vers la porte, et il voit entrer son père mort depuis plusieurs années, mêmes vêtements, mêmes traits. L'apparition entre comme une personne naturelle, non en glissant comme un fantôme, ce qui contredit les descriptions ordinaires des romanciers. L'apparition reste souvent muette, regarde le vivant avec des yeux tristes, puis au bout de quelques minutes, elle s'efface, disparaît en devenant transparente ; les objets extérieurs placés derrière, qu'elle cachait comme un écran, redeviennent visibles..»

« Un des faits les plus frappants révélés par cette enquête, c'est que la plupart des personnes qui répondent OUI au questionnaire n'ont eu qu'une seule hallucination… et souvent dans un moment décisif de leur vie (par ex ,après le décès d'un parent). Dans ce cas, on ne peut parler d'état d'halluciné… »

D'après La Justice du 24/10/1894

52

LOCATION D'UNE MAISON HANTEE

L'année dernière, je recevais de Londres une lettre ainsi conçue :

Monsieur,

J'ai lu avec intérêt votre livre intitulé…etc., et cette lecture me décide à réaliser dès maintenant un projet que j'ai depuis longtemps, et qui est de faire une connaissance plus étroite avec la mystérieuse terre bretonne. Je vous demanderai seulement un service, que, mieux que personne, après l'enquête à laquelle vous venez de vous livrer, vous êtes à même de me rendre. Ce serait de m'indiquer, dans vos parages, une maison passant pour être hantée, où je puisse m'installer sans trop d'incommodités, pendant 2 mois d'hiver. Membre de la « Society for psychical research, dont les travaux ne vous sont pas inconnus, je voudrais procéder, en lieu propice à une série d'expériences dont j'attends pour la science naissante des phantasms les plus heureux résultats. C'est vous dire tout le prix que j'attache…etc.

Malgré la longue énumération de titres qui accompagnait la signature ou peut-être à cause de cela même-je crus d'abord, je l'avoue, à une mystification d'outre-Manche. Néanmoins, à tout hasard, je me résolus de répondre.

15 jours après, descendait de voiture, à ma porte, un gentleman des plus corrects, d'âge déjà respectable, et, d'ailleurs, d'une exquise urbanité. Il se nomma, me remercia vivement de mon obligeance et me pria d'y mettre le comble en lui faisant visiter, sans plus de retard, les nids à revenants que je lui avais signalés. Time is Money, même quand il s'agit de fantômes habitant l'éternité.

Nous voilà donc en route. Ce n'étaient point les maisons hantées qui manquaient dans nos alentours. Je n'avais eu que l'embarras du choix. 2 cependant m'avaient paru devoir convenir de façon toute spéciale aux intentions de mon correspondant.

Je le conduisis en premier lieu au manoir de Carpont. C'est une demeure désormais presque historique, et qui aura je pense, ses pélerins, le jour où les touristes l'auront découverte, dans sa thébaïde, au creux de son vallon boisé. Là vécut, en effet, le Broyeur de lin *dont les Souvenirs d'enfance et de jeunesse ont immor-*

talisé la noble et mélancolique destinée. Est-ce l'ombre plaintive de Melle de Kermelle qui traîne par le logis sa détresse d'âme en peine ? Je ne sais. Toujours est-il que de l'un des pavillons s'échappent la nuit de longs gémissements.

L'Anglais fit subir un interrogatoire en règle au fermier qui occupe aujourd'hui l'ancienne gentilhommière, aux garçons de labour, aux servantes, et même au petit pâtre. Les réponses lui semblèrent peu concluantes.

- Et puis, ajouta t-il, quand nous fûmes dehors, ce sont de mauvaises conditions, pour entreprendre les études que je médite, que d'avoir sans cesse autour de soi le va-et-vient du personnel d'une ferme. Je souhaiterais une maison isolée et surtout déserte. Peut-être la seconde où vous vous proposez de me conduire est-elle dans ce cas ?

Il eut, en effet, satisfaction sur les 2 points. Isolée, la maison l'était, sur le bord d'une route peu passagère, au centre d'un plateau aride, battu des vents, planté seulement d'ajoncs ras. Et déserte, elle l'était aussi, au grand désespoir de son propriétaire, un cultivateur des environs, qui nous assassina de ses jérémiades.

- ...Une si belle bâtisse, Messieurs !...Toute en pierre et couverte d'ardoises... Eh bien ! Les locataires y restent 8 jours, quelquefois 15, et, au bout de ce temps, déménagent... Voici bientôt 3 ans qu'elle ne m'a pas rapporté un sou... Et cela, sous le prétexte qu'elle est hantée. Je vous demande un peu !...

Ici, la scène devint d'un haut comique.

- Pardon, objecta mon compagnon, mais elle l'est, n'est-ce pas ? Elle est authentiquement hantée, cette maison ?

- Hanté vous-même !...Tout ça, c'est des histoires inventées par des niais !

- Veuillez donc m'excuser, reprit sir W.T... avec une politesse impassible. Elle me plaisait beaucoup, je l'eusse volontiers loué avec votre assentiment. Mais si, comme vous paraissez l'affirmer, c'est à tort qu'elle passe pour être hantée, elle n'est plus l'habitation qu'il me faut !

Le paysan estomaqué, comprit qu'il venait de faire un pas de clerc.

- Mon Dieu, soupira t-il, ce n'est pas à celui qui mène la bête en foire de révéler son vice à qui la marchande. Puisque cependant vous avez eu vent de la chose, autant vaut être franc jusqu'au bout ! Vous pouvez le dire qu'elle est hantée cette satanée bicoque, et que les Esprits tourmenteurs sont sur elle ! Je ne le sais, hélas, que trop...Plusieurs des locataires qui y ont pâti, sont encore dans la contrée. Interrogez-les : vous en entendrez de belle !...

C'est à quoi ne manqua point l'honorable gentleman. Une vingtaine de témoins jeunes et vieux défilèrent à son tribunal. Les dépositions recueillies, l'enquête close, il s'installa dans la maison lugubre. Le propriétaire lui avait offert de faire quelques réparations vraiment urgentes ; mais il n'en voulut aucune, défendant de déranger quoi que ce fût, même les toiles d'araignées dont il y avait foison…

Je le laissai à ses fantômes après lui avoir souhaité bonne chance. Je ne devais plus le revoir.

Au retour d'une absence assez longue, je trouvai sa carte où il me présentait ses civilités et ses regrets de ne m'avoir pu saluer avant son départ.

Si le séjour dans ce logis abandonné des vivants et peuplé de morts lui fut profitable, s'il en retira pour ses études tout le fruit qu'il en espérait, c'est ce que j'ignore encore à l'heure qu'il est.

Ce que je sais bien, en revanche, c'est que j'y ai gagné, pour ma part, la fâcherie du propriétaire. Je m'imaginais lui avoir rendu service en lui faisant obtenir pour une location de 2 mois, plus que sa maison ne lui avait rapporté en 4 ans, et j'estimais avoir quelque droit à sa reconnaissance. Ah ! bien oui. J'avais au contraire jeté sur son immeuble le pire des discrédits.

Pensez donc : avoir induit un Breton à héberger un Anglais ! Et quel Anglais ! Un être aux allures bizarres, passant une partie du jour à dormir et la nuit à veiller ; un personnage suspect, toujours courbé sur des livres de magie et ne franchissant jamais le seuil d'une église, bref, un sorcier !…

Quand j'aurais déchaîné dans le pays l'Antéchrist lui-même, je n'eusse pas été plus coupable… Une légende sinistre s'était formée. Tant que l'étranger demeure en ces parages, il n'y eut accident ni méfait qu'on ne lui attribuât. Il avait le mauvais œil, il portait malheur aux gens et aux bêtes, il faisait tourner le lait des vaches.

Quand il partit, ce fut un soulagement universel. Seul, le propriétaire ne jubila point. Sa maison lui restait sur les bras, et plus dépréciée que jamais. Si elle était hantée naguère, maintenant, elle était souillée. Ce n'était plus une réputation compromise, c'était, cette fois, une réputation perdue.

Dernièrement, on me racontait qu'aujourd'hui encore, on y voit le soir, collée aux vitres, la figure terrifiante de l'Anglais…

Ainsi, ô vénérable sir W.T…, apprenez par ces lignes, si elles vous tombent sous les yeux, que vous êtes vous-même promu à la dignité de fantôme. Voilà un résultat de votre hivernage en Bretagne et de vos expériences sur les apparitions auquel sans doute vous ne vous attendez pas. Pour moi, je me tiens heureux que le paysan ne m'ait point intenté procès, et si j'ai un conseil à donner au lecteur, en terminant, c'est de ne jamais prêter la main à la location d'une maison hantée. »

A NATOLE LE BRAZ
D'après Le Journal des débats du 30/10/1894.

RUE D'ALLEMAGNE (Aujourd'hui AVENUE JEAN JAURES) (PARIS, 19° ARRONDISSEMENT)

« Depuis quelque temps, les passants attardés remarquaient , dans une maison inhabitée depuis 6 mois et sise rue d'Allemagne, 59 bis, des lueurs fugitives qui couraient à travers les différentes pièces de l'immeuble, des ombres fantastiques qui paraissaient se livrer à une sarabande échevelée ; parfois aussi, on entendait des chants macabres, des voix qui psalmodiaient des cantiques.

Dans le voisinage, on se racontait tout cela, et l'idée que la maison était hantée fit vite son chemin.

Hier soir, des gens très inquiets vinrent raconter à M. Poëte, commissaire de police, que plus que jamais, les esprits s'agitaient dans l'immeuble abandonné qu'ils avaient choisi comme lieu d'élection.
Le commissaire se rendit à l'adresse indiquée accompagné d'un serrurier, qui ouvrit la porte d'entrée de la maison, et après avoir traversé plusieurs chambres où, en effet, se répercutaient les échos de cris discordants, il aperçut les soi-disant esprits, qui n'étaient autres que 6 mauvais garnements très occupés, pour l'instant, à jouer aux cartes, d'une façon très bruyante.

En apercevant le magistrat, les esprits tentèrent de prendre la fuite, mais des gardiens de la paix les appréhendèrent, et M. Poëte procéda séance tenante à leur interrogatoire.

L'un des gamins, qui paraissait être le mauvais esprit de la bande , raconta que chaque nuit, , il amenait ses copains dans la maison afin de jouer aux cartes, à « l'anglaise », à la banque, etc. sans être inquiétés ; il ajouta qu'ils s'introduisaient dans l'immeuble en escaladant un mur clôturant une cour intérieure.

M. Poëte ayant constaté que les gamins avaient causé des dégâts notables dans la maison, que plusieurs cheminées et des glaces avaient été brisées, a dressé un procès verbal contre les coupables dont les parents vont être rendus responsables. »

D'après *Le Petit Parisien* du 24/2/1895

OBJAT (CORREZE)

Ces phénomènes auraient duré une quinzaine de jours...

« Il y a 8 jours, la petite ville d'Objat était mise en émoi par une singulière affaire.

Dans un village appelé La Constantinie, situé à 2 kms environs d'Objat, habite dans une maison bourgeoise, madame veuve Faure, en compagnie de sa belle-mère, d'une servante et de plusieurs domestiques.

Mardi dernier, la bonne après avoir fait les lits, remontait dans les chambres, quelques instants après, et quel ne fut pas son étonnement lorsqu'elle vit que tout y était pêle-mêle sur le plancher. Mme Faure s'empressa de monter et l'on remit les choses en place. Dans la cave, les tonneaux étaient renversés.

Dans la nuit, on entendit du bruit, comme des coups de tonnerre dans l'appartement. Quoique effrayée, Mme Faure se leva et alla prévenir un domestique qui couche non loin de la maison. Quelques voisins furent également appelés, et la maison fut fouillée de fond en comble, mais on n'y découvrit rien d'anormal.

Les jours suivants, ces choses se reproduisirent .

Jeudi dernier, en leur présence et plein jour, Mme Faure, sa belle-mère et sa servante virent une marmite pleine de bouillon se décrocher de la crémaillère, et se projeter au milieu de la cuisine. Des bouteilles, des verres furent brisés. Des journaux, placés en tas sur une table, furent éparpillés dans la salle à manger. Un numéro du *Petit Centre* du 14 février 1895, porte 6 gouttes de sang.

Nous avons vu ce journal, qui se trouve entre les mains du curé d'Objat. Une de ces taches a été découpée pour être envoyée à un laboratoire d'analyses.

Tout Objat s'est rendu à la maison de Mme Faure. Serait-ce l'œuvre de quelque farceur ? Nous croyons que la gendarmerie et la municipalité devraient se livrer à une enquête qui, peut-être, ne serait pas sans résultats. Nous avons constaté les dégâts, mais nous ne les avons pas vus se produire. »

Dans un autre journal plus tardif, on signale en plus :
« ... les meubles bouleversés, les lits poussés au milieu des appartements, les personnes endormies découvertes, les draps et couvertures jetés au loin, le siège d'une voiture projeté à terre... »
« Toute la vaisselle , plats, assiettes, soupières, tasses à thé, à café, sucriers etc., tout se brisait, même en plein jour, en présence de plusieurs personnes épouvantées.. »
« Le feu, enfin, s'est mis dans un lit, et a nécessité un transport de justice. »
« M. le maire , appelé dans cette maison désolée, en est revenu lui-même épouvanté : en sa présence et sans qu'il puisse rien expliquer, un balai a été projeté avec violence, après avoir passé devant sa figure, avec la rapidité de l'éclair.. »
« Ces faits sont vraies, et la population a été longtemps intriguée et l'est encore. Les imaginations ont été et sont encore surexcitées par ces faits vraiment extraordinaires, et dans tous les cas, intéressants. »

D'après La Dépêche du 30/5/1895, La Croix de la Corrèze du 23 /6/1895.

N°13, RUE DE MAISTRE (PARIS, 18° ARRONDISSEMENT)

« Tout a commencé dans la nuit du 18 août : M. Luzet, marchand de vins, dormait dans sa chambre du rez-de-chaussée et il fut réveillé par des plaintes. Il crut aux amours d'un chat et d'une chatte, et pour effrayer les amants, il remua des ustensiles divers qui se trouvaient à sa portée. Les gémissements redoublèrent... Le lendemain, ce fut le tour de la concierge : Mme Ronsin. A minuit, elle se réveilla en sursaut en croyant qu'une voix l'appelait dans le couloir. Elle se leva, accourut en chemise, écouta, regarda : rien ! La 3° nuit, une locataire du 1° perçut des cris plaintifs qui semblaient partir de son salon ; elle en grelotta jusqu'au matin... Le 4° jour, toute la maison fut avertie... »

« Les gémissements partaient du mur de l'escalier entre les 2° et 3° étages, même les clients du marchand de vins établi au rez de chaussée pouvaient les entendre.. »

« L'émoi fut tel qu'un locataire : un menuisier, persuadé que la maison était hantée par des esprits, déménagea... »

« On pensa que ce pouvaient être des voleurs, qui, pour hâter la fuite des locataires, s'étaient installés dans un appartement inoccupé et troublaient de leurs plaisanteries macabres, la tranquillité de l'immeuble.*(En effet, à cette époque, plusieurs locataires étaient en voyage et certains logements étaient inoccupés)* »

« Ceux des habitants qui ne craignent pas les esprits parlaient d'une séquestration. »

« La police exécuta une ronde de nuit, et ne trouva pas de voleurs. Le cas devenait extraordinaire. Et les nuits succédaient aux nuits et le funèbre lamento secouait toujours le marchand de vins, la concierge, la dame du 1°, et le monsieur… Il ne restait que l'explication de fantômes, qui, chaque nuit, se promenant sur le pont du cimetière, avaient pris froid et pour se réchauffer, s'étaient installés au 13 de la rue de Maistre. »

« Enfin, une délégation composée de la concierge, Mme Ronsin, du marchand de vin M. Luzet et de M. Rongier, alla prévenir le commissaire de police, M. Fédée qui remplace actuellement dans le quartier des Grandes Carrières son collègue M. Garnot.

Ce magistrat accompagné de son secrétaire M. Rousselot se rendit la nuit dernière dans la maison hantée.
Et il eut vite fait de constater que les bruits qui alarmaient tous les habitants de la rue de Maistre provenaient d'une cheminée dont la conduite d'air était sillonnée de fissures.

La tranquillité est donc rétablie depuis ce matin dans le quartier des Grandes Carrières. »

D'après Le Gaulois du 28/8/1895, Le Journal des débats du 27 août 1895, La Croix du 28/8/1895, Le XIX° siècle du 28/8/1895.

RUE DES ECOUFFES (PARIS, 4° ARRONDISSEMENT)

« Ce matin, vers 4 h, 2 agents du quartier Saint-Gervais, passant rue des Rosiers, voyaient venir vers eux un homme n'ayant que sa chemise de nuit et son pantalon, et tellement ému qu'il put à peine leur dire ce qu'il voulait.

- Je suis concierge, rue des Ecouffes, dit-il, en entrecoupant ses phrases, la maison est hantée... Il y a des esprits...Venez vite...

Les agents suivirent le concierge qui leur présenta un de ses locataires du rez-de-chaussée ; celui-ci, une bougie à la main, était lui aussi pâle de terreur ; il refit aux agents la même déclaration.

Comment constater la présence des esprits frappeurs ? Comment établir un rapport au commissaire de police sans avoir au moins entendu de leurs propres oreilles, les farces des mauvais génies ?

Concierge, locataires et agents s'assirent en rond, ne soufflant mot, retenant même leur haleine. Tout à coup, après un quart d'heure d'attente environ, un bruit se fit entendre :
- C'est dans le placard, dit l'un des agents, en s'y dirigeant aussitôt.
- Mais non, c'est à la fenêtre, répliqua l'autre en allant ouvrir celle-ci.

Du placard, sortit un gros rat qui bondit sur l'agent, sauta par terre et alla se réfugier sous le lit ; à la fenêtre, c'était un contrepoids léger attaché à une corde de persienne, qui, remué par le vent, avait frappé contre le carreau. »

D'après Le Temps du 5/9/1895.

142, RUE DU BAC (PARIS, 7° ARRONDISSEMENT)

« La scène se passe dans une maison de la rue du Bac , N° 142.
 M. B…, la serviette au menton, la fourchette aux doigts, était tranquillement en train de dîner dans sa salle à manger, lorsque sa cuisinière entra, les traits empreints de la plus épouvantable frayeur.

Tremblante, la gorge serrée, elle soutint que sa cuisine avait été envahie par des esprits, et que depuis la table, jusqu'aux casseroles, tous les ustensiles s'étaient mis à danser et à s'entrechoquer avec un bruit terrible.

M. B… voulut se rendre compte du sabbat qui se passait dans son office et il fut, en effet, fort étonné de la ronde fantastique auxquels se livraient les meubles de la cuisine.

 Il retourna dans sa salle à manger : la table et le buffet faisaient réellement un vis-à-vis auquel les chaises se mêlaient dans une ronde inexplicable.

M. B…se rendit alors chez un de ses voisins, M. Boileau, locataire de la même maison et qui est architecte. L'architecte suivit son voisin dans l'appartement hanté. Tout continuait à danser, mais M. Boileau qui est un esprit fort, tâta les murs pour se rendre compte des causes de cette danse singulière, et il s'aperçut que la maison était menacée d'effondrement.

A tous les étages, doucement, les planchers s'effondraient , les murs se tassaient, et cela dans des proportions réellement inquiétantes pour la sécurité des locataires.

M. Prélat, commissaire de police, fit évacuer la maison et les habitants durent aller passer les uns et les autres la nuit à l'hôtel. Hier les ouvriers ont étayé les murs ; néanmoins, la cuisinière n'est pas convaincue et elle soutient encore que la maison est hantée et qu'elle a aperçu le diable. »

« … Nous recevons d'un des locataires une lettre nous informant que nous avions exagéré et que la maison ne s'était jamais aussi bien portée. Allons, tant mieux ! »

D'après Gil Blas du 14/11/1895, du 16/11.

TREMEOC (FINISTERE)

« Le château de la Coudraie, situé à 6 kms de Pont l'Abbé est en ce moment le sujet de 1000 racontars.

On le dit hanté par les esprits.

Tous les jours, dès 6 h du soir, les meubles, la vaisselle, la batterie de cuisine entrent en danse.

Les gendarmes se sont embusqués en vain.

Deux fois, le curé de Tremeoc a aspergé d'eau bénite le château. Rien n'y fait. Les curieux en grand nombre, viennent assister à ces scènes moyenâgeuses. »

D'après Le Petit Journal du 16/12/1895

RUE DE RIVOLI (PARIS, 1° et 4° ARRONDISSEMENT)

« Les locataires d'un hôtel meublé de la rue de Rivoli (*dans le quartier des Halles*), étaient réveillés cette nuit par les cris provenant d'une chambre non habitée, et où semblait se passer une scène de carnage.

Bientôt, on crut qu'un assassinat s'y commettait et les plus courageux enfoncèrent la porte pour arrêter l'assassin.

Mais on constata en même temps qu'il n'y avait personne.

On chercha ailleurs, mais on ne trouva rien.

Les locataires allèrent se coucher mais aussitôt, la scène recommença et il en fut ainsi pendant toute la nuit. »

« Une société de spirites avertie de ce qui se passait, proposa de se livrer dans l'hôtel à une expérience concluante, mais le patron d'esprit positif préféra s'adresser au commissaire de police. »

« Des agents ont fini par découvrir que l'auteur de ce tapage est un ventriloque habitant l'hôtel : Jules B… qui avait trouvé ce singulier moyen de calmer l'ennui de longues insomnies. »

« Cette personne, voyageur de commerce se serait hâté de déloger en laissant à l'adresse du propriétaire un mot ainsi conçu :
- J'emporte dans mon ventre les esprits qui vous troublaient. Ce service vaut bien les 127, 50 francs que je vous dois ! »

Apparemment, il a été rattrapé par la police…

Il va être jugé pour tapage nocturne. »

D'après La Croix du 26/3/1896, la Justice du 28/3/1896.

Pascal Thebeaud

AVIZE (MARNE)

« Ces jours derniers, un commencement d'incendie se déclarait dans un hangar dépendant d'une succursale d'épicerie de Notre Dame de l'Usine de Reims, à Avize ; une flamme émergeant du sol avait mis le feu à quelques sacs de raisins de Corinthe. Ce commencement d'incendie éteint, l'on ne s'inquiéta pas des causes qui avaient pu le déterminer. Depuis cet évènement, le feu a reparu à maintes reprises. De temps en temps, une flamme sort du sol. Un matin, une caisse s'est enflammée pendant que M. Suisse était occupé à la transporter. Pendant une matinée, un siège placé auprès d'un lit a pris feu dans l'appartement de M. Tapin, marchand de chaussures. La nuit suivante, une flamme très vive a traversé le sol d'une pièce avoisinante.

D'autre part, le feu a réduit en cendres une certaine quantité de sacs en papier placés sous le comptoir de l'épicerie de Notre Dame de l'Usine. Un morceau de fer suspendu au plafond de l'écurie de M. Suisse, s'est mis à flamber, une poutre placée contre la muraille, à 2 m de hauteur du sol, s'est enflammée, enfin plusieurs sacs de charbon ont été consumés.

D'autres faits plus vraisemblables encore sont contés par les habitants. L'épicerie succursale de Notre-Dame de l'Usine ainsi que plusieurs autres maisons ont été évacuées.

Le sous-préfet de l'arrondissement, M. Robinet, chimiste, M. Dupont, architecte, sont à Avize. La population est très émue. On parle de l'arrivée d'un inspecteur des mines. »

« Le feu mystérieux d'Avize ne proviendrait, parait-il, que des gaz qui se dégageraient d'une fosse d'aisances abandonnée depuis longtemps, mais renfermant encore 1,50 m de vidanges et surtout d'une tranchée nouvellement ouverte.

La *Maison-Bleue*, ainsi que l'on désigne dans le pays, l'immeuble occupé par la société coopérative de consommation de Notre-Dame de l'Usine, appartenait à un ancien charcutier, dont le père exerçait la même profession. Ces émanations pourraient donc provenir de détritus accumulés depuis 40 ans. Les flammes soudaines ne seraient alors que des feux-follets. »

D'après La Croix du 21/5/1896, du 26/5/1896.

JULES BOIS ET LA FERME HANTEE DE MOUILLERON EN PAREDS (VENDEE)

Jules Bois fut un poète, romancier, dramaturge, essayiste , journaliste, critique d'art et auteur d'ouvrages sur l'ésotérisme.
On lui doit :
Le satanisme et la magie (1895)
Dans le monde des esprits (1897)
L'au-delà des forces inconnues (1902)
Le monde invisible (1902)
Le miracle moderne (1907)
En 1896, il étudia le comportement d'une jeune fille dans une ferme hantée, à Mouilleron en Pareds (Vendée).
Selon lui, « les accidents cessent à la ferme lorsque la jeune servante est éloignée, mais ils émigrent avec elle, recommencent là où elle habite momentanément. Ils reprennent quand elle revient à la ferme et ne disparaîtront tout à fait que lorsque ses maîtres l'auront définitivement congédiée. »

Il rédigea ses observations dans « Le Miracle moderne ».

VALENCE-EN-BRIE (SEINE-ET-MARNE)

Les phénomènes ont duré 17 jours du 10/6/1896 au 26/6/1896.

« Le joli petit village de Valence en Brie situé à 10 kms de Montereau, sur la lisière de la forêt de Fontainebleau, possède une maison hantée authentique... Cette maison est habitée par M. Lebègue, intendant de M. Opidine, sa femme qui est alitée depuis le mois de novembre, son fils âgé de 15 ans, sa fille âgée de 9 ans, et 2 bonnes l'une âgée de 15 ans et l'autre de 17 ans... »

« Tout a commencé le mercredi 10 juin. la jeune bonne de la maison, Isabelle Pelletier, descend à la cave chercher des copeaux. Sa bougie s'éteint et comme elle continue à remplir son tablier de copeaux, un coup violent est frappé à ses côtés ; en même temps, un chiffon rouge voltige en l'air dans la demi-obscurité comme porté par une main mystérieuse ; elle veut fuir, mais un effroyable mugissement la cloue sur place, glacée de terreur.(*Une autre version fait déjà parler l'esprit qui aurait dit : Eh ! la petiote ! avant de souffler la bougie*)

Les jours suivants, une voix se fait entendre, d'abord très faible, puis prenant peu à peu de la force jusqu'à ressembler à la voix enrouée d'un hercule de foire. Chaque jour, la voix monte ; on l'entend maintenant à l'entrée de la cave, puis dans la cuisine, dans le vestibule, dans les chambres. Elle s'installe au chevet de la malade : Mme Lebègue, injurie le Dr Paté, plaisante les gendarmes qui sont venus inspecter la maison. Cette voix, on l'entend partout ; elle sort d'entre les pavés, de la cheminée de dessous les plats quand on mange ; elle accompagne le fils dans sa chambre et est, elle-même, accompagnée par la petite fille du 1° étage jusqu'au fond de la cave, où elle semble se perdre sous un tas de bois.

Lundi dernier *(le 22 juin)*, de 2 h à 7 h, tous les carreaux du vestibule sont brisés, les uns après les autres. Ils sont brisés, non du dehors, mais du dedans, ainsi que la présence d'éclats de verre à l'extérieur le démontre. Chaque bris est précédé d'une petite explosion comme s'il était occasionné par la pression d'un objet et non par le lancement.

Jeudi (*25 juin*), pendant l'orage, le salon du rez-de-chaussée est bouleversé. Au 1°, dans la chambre du fils, une glace est troué comme à l'emporte-pièce, le morceau enlevé est pulvérisé… C'est à ce moment que la voix dit en présence d'un autre journaliste :
- Hein, j'en fais du beau travail, je suis content de moi !
Le lendemain matin (*26 juin*) le journaliste entend à la porte de la cave un mugissement, comme l'amplification monstrueuse d'un soupir de regret… »

La jeune bonne Isabelle Pelletier semble être une des clés, sinon la clef du mystère :
« …Déjà, dans 2 maisons, où elle a été placée, à Sens et à Valence, des objets ont été renversés sans cause apparente, que les phénomènes dont il est question, se sont produits en sa présence ou lorsqu'elle était à proximité. »

Isabelle Pelletier, la jeune bonne avait « sympathisé « avec cette voix qui lui parlait :
« Je me nomme Vinski (ou Whisky) ; je suis prince russe, âgé de 25 ans, ; j'ai une belle moustache noire, je suis très riche, j'habite à Marseille et je veux vous épouser. Votre robe blanche est prête et j'en ai une de rose pour la demoiselle d'honneur ! »

La jeune bonne ayant décliné ces invitations, l'esprit se mit à injurier les visiteurs :
- A un journaliste : Que vient faire ici ce vacher ?
- Au Dr Paté de Montereau : Que viens tu faire ici ? Tu sais que tu ne la guériras pas et puis va… te promener ! »
« …L'esprit déclare qu'il veut la mort de Mme Lebègue, malade et alitée depuis 6 mois, et qu'il continuera à emplir la maison de vacarme, de dégâts et d'injures tant qu'il n'aura pas atteint ce résultat ! »

Mais le comportement de la petite fille de 9 ans est également très étrange :
« …Elle se dispute avec Vinski, lui fait des reproches amers, le poursuit jusque dans la cave où il va se coucher lorsqu'il a fini ses facéties d'un goût douteux. »

Cependant les phénomènes n'ont pas lieu dans certaines circonstances :
« …Le commissaire de Montereau, qui, en compagnie de son collègue de Melun, a passé une partie de la soirée et une nuit entière dans le local incriminé, n'y a rien constaté de suspect, tandis que les jours précédents, les manifestations bruyantes n'avaient pas cessé. En homme avisé, il avait commencé par prendre ses précautions : il avait fait fermer soigneusement les fenêtres et les portes, mis les clefs dans sa poche, alors qu'habituellement, toutes les portes restaient ouvertes, visité la maison de haut en bas, pour s'assurer qu'il n'y restait personne, posté un surveillant à chaque étage, et surtout, réuni toute la famille dans la même pièce. »

Des occultistes célèbres franchirent le seuil de la maison pour chasser l'esprit :
« Voici que l'abbé Schnebelin, un spécialiste occultiste vient, après le Dr Papus, de prétendre que les phénomènes sont l'œuvre d'un sorcier ayant pratiqué sur les infortunés habitants une opération d'envoûtement. Il a visité la maison et suppose que c'est l'enveloppe fluidique de ce sorcier qui aurait produit ce tapage »

« …Nous apprenons que les phénomènes ont cessé dans la soirée du vendredi 26 juin…

Un retour offensif eut lieu cependant encore samedi soir, à 10 h et demi où une dernière pierre fut lancée par le « sorcier » resté encore inconnu.

Les habitants attribuent la tranquillité dont ils jouissent maintenant au Dr Encausse (le célèbre occultiste Papus) et à l'abbé Schnebelin demeurant à Paris, 43 rue du Rocher…

L'abbé a saisi la dernière pierre lancée par l'être invisible qui hantait la maison et l'a brûlée… »

« Papus et Schnebelin auraient aussi réussi à guérir en 8 jours Mme Lebègue qu'on considérait comme perdue ».

Mais visiblement, il y eut encore quelques convulsions de l'esprit :
« ..Mardi à mercredi (*7 et 8 juillet*), 4 officiers d'un régiment de dragons ont passé la nuit dans la maison hantée. L'abbé Schnebelin (encore présent malgré sa précédente prestation) leur avait dit d'arriver vers 8 h du soir et de ne pas sonner (*pour ne pas dissiper le fluide*). Avec l'abbé, ils se promenaient la nuit dans le jardin quand ils ont entendu un hurlement prolongé qui a troublé à ce point Isabelle Pelletier(*la petiote*) ,qu'elle s'est sauvée en culbutant l'assiette de framboises qu'elle tenait à la main… Dans la nuit, elle attira les officiers dans le salon et leur dit :
- Ecoutez, il va parler ! Elle évoqua l'esprit en l'appelant Jacques (*Whisky avait changé de nom !*)
- Jacques, Jacques, tu ne diras pas demain que j'ai chipé des cerises ! »

Et simultanément, des 4 coins , les 4 officiers entendirent une voix grave et creuse qui disait : Non , non !

Un peu plus tard, ces officiers crurent percevoir des bruits de pas dans la cour. Ils sortirent, ne virent âme qui vive, et en vain, cherchèrent à la lueur des falots, à retrouver sur la terre détrempée trace des pas. Quand l'aurore termina cette veillée, un long grognement retentit que le mot de Cambronne, sans l'excuse de Waterloo, couronna. Gageons qu'il y a, là-dedans, quelque ventriloque qui se moque du monde ! »

Cependant tout le monde n'est pas d'accord pour expliquer les phénomènes :
« Le commissaire de Montereau avait remarqué certains détails :
- Parmi les objets déplacés par l'esprit, on avait trouvé notamment 2 potiches disposées symétriquement sur le plancher, séparées par

une distance qui correspond à l'écartement de 2 mains tenant chacun un objet.

- Toutes les vitres n'étaient point brisées mais trouées comme si elles avaient été traversées par une balle de fusil ou de revolver.

- Des pierres auraient pu être semées sur le plancher.

- La perforation de la glace, du dedans au dehors, sans atteinte du bois qui servait de support, pouvait avoir été faite par un habitant de la maison qui aurait pu séparer la glace du bois, faire le travail puis réunir les 2 pièces.

Selon le commissaire, il pouvait s'agir d'une simple affaire de famille avec des lourds secrets... »

« ... L'opinion du Dr Archambaud est nette, précise, termine le débat, perce le mystère...

Un fait... mystérieux est... le calme extraordinaire de certaines des personnes habitant la maison...

Chaque matin, pourtant, le maître de la maison, M. Lebègue, s'en vient tranquillement à Paris où ses affaires l'appellent, laissant là, sa femme malade, ses enfants, un garçon de 15 ans, une fille de 6 ans...

La fillette Sophie, toute calme, amusée, contente d'être célèbre...

L'adolescent, un malade hémiplégique, un faciès d'hystérique parlant à tous d'une voix spéciale, bizarre, inattendue, rauque et semblable à celle du revenant...

Restent les 2 bonnes et la vieille maman guettée par la folie...

La « voix » ne prononce pas toujours les mots, elle fait entendre parfois des sons inarticulés, des meuglements.

Or, il y a 3 mois, Mme Lebègue a poussé à plusieurs reprises des meuglements semblables en présence de son cousin qui lui avait demandé pourquoi elle criait ainsi. Elle répondit :

- Je ne peux pas faire autrement. C'est plus fort que moi, il faut que je crie. ...

Pour le Dr Archambaud, Mme Lebègue, jouissant d'une autorité considérable sur tout son entourage suggestionne sans s'en rendre compte 3 hystériques : son fils, sa fille et une bonne, et ceux là, qu'on ne surveille pas, qui vaguent librement dans la maison de la cave au grenier, partent, brisent les vitres, jettent des pierres, déplacent les meubles, et mentent à tous avec cette extraordinaire puissance de simulation souvent constatée chez des malades de cette catégorie, avec la puissance de leurs organes et de leurs sens décuplée… »

D'après le Gaulois du 26 /6/1896, du 28/6/1896, d u 2/7/1896, du 11/7/1896, du 6/1/1897, La Croix du 7/7/1896, Le Figaro du 7/7/1896, Le petit Parisien du 3/7/1896, La Justice du 3/7/1896

Pascal Thebeaud

<u>*ÊTRES ELECTRIQUES ET MAISONS HANTEES*</u>

« *De temps à autre, une maison hantée appelle l'attention du public. On a besoin de merveilleux, et notre fin du siècle 19° n'a rien à envier à son prédécesseur. Périodes d'enfantements, de bouleversements sociaux, d'excitations, de renversements des croyances, d'attraction vers le surnaturel les 2 derniers siècles ! Et la maladie d'attirance vers le merveilleux est contagieuse. Mais, saine peut-être dans ses résultats futurs : l'alchimie n'a-t-elle pas préparé la route à la chimie rationnelle et scientifique ? Le phosphore n'a-t-il pas été trouvé en l'urine par Brandt, qui y cherchait la pierre philosophale ? Il faut donc étudier les maisons hantées, mais à la lumière de la science, au crible de la plus rigoureuse appréciation. C'est ce que font et veulent faire un certain nombre de savants, non routiniers, non déconcertés par le progrès et qui, au lieu de se laisser submerger par lui, le préfèrent préparer ! Parmi les savants dénués de préjugés et de craintes, qui ne craignent pas de pénétrer en un pseudo-surnaturel, et qui, en recherchent les faits, rien que les faits , il faut citer le colonel A. de Rochas, l'auteur de tant de consciencieux ouvrages sur ces questions, le professeur Ch. Richet de la faculté de médecine, les Drs Lombroso, Ocharowicz, Myers… Une revue, les Annales des Sciences Psychiques, que dirige le Dr Darieix, concentre les documents d'où jaillira peut-être la connaissance d'une force matérielle utilisable pour le plus grand bien de l'humanité ! Mais ces savants n'ont pas encore porté leurs investigations dans les maisons hantées. Celles-ci n'ont pas été étudiées rigoureusement, sans doute parce qu'elles n'ont pas paru assez dignes d'attention. Les phénomènes spirites les ont particulièrement préoccupés. En matière scientifique, les faits seuls doivent compter ; aller plus loin, les interpréter, c'est déjà faire de la philosophie, et sortir du domaine de la science, et lui attribuer alors de prétendues banqueroutes est absurde, c'est à la philosophie qui lui fait dire des hérésies qu'il faut s'en prendre ! MM de Rochas, Ch. Richet, Crookes, Aksakoff, Ochorowicz, Lombroso ont donc étudié les phénomènes spirites, c'est-à-dire les déplacements d'objets, les lévitations, les tables tournantes, faits d'attraction et de répulsion comparables jusqu'à un certain point ,aux faits électromagnétiques du même ordre, à l'attraction du fer par l'aimant ! Certains faits déjà connus, de nature électro-vitale, sont un acheminement vers ces faits d'attractions matérielles… Il existe, en effet, un certain nombre de sujets électriques dont le corps ou les cheveux manifestent clairement l'existence, à leur surface, de fluide électrique. On a signalé aussi des faits étranges, analogues à ceux des torpilles, gymnotes et autres animaux électriques, qui, touchés, provoquent de violentes commotions. M. de Rochas en cite un grand nombre. Le « Libéral du Nord » du 4 avril 1837, rapporte le fait d'un enfant torpille qui donna une secousse au médecin accoucheur. Le « Mémorial de la Loire », en 1869, raconte le cas d'un enfant attirant les corps légers, et mort à 9 mois, en dégageant des effluves lumineuses. Mais le cas le plus authentique est celui d'Angélique Cottin, en 1846, qui repoussait une table énorme, faisait danser les casseroles… sans y toucher. La faculté électrique existe donc, inégalement développée en les individus, comme le sont l'intelligence, la force matérielle, le sentiment artistique, les perceptions sensorielles, etc… Il y a là, une mine d'études troublantes dans lesquelles l'enthousiasme est à redouter…Nul doute que l'on va trouver bientôt (étant donnée l'âpre ardeur mise actuellement à ces recherches) les lois psycho-matérielles qui y président.*

D'après La Justice du 7/7/1896.

CHINON (INDRE-ET-LOIRE)

« Depuis quelques jours, il se passe à Chinon sur le coteau Sainte-Radégonde des faits absolument étranges.

 Tous les touristes connaissent la curieuse chapelle existant dans la rue ; la légende du pays dit que St Jean de Chinon habitait cette chapelle et que c'est là même que Ste-Radégonde reine de France vint le trouver.

Or, il existe près de cette chapelle une maison qui parait hantée.

Dès que la nuit arrive, des bruits incompréhensibles se font entendre, des pierres tombent de ci de là et, chose particulièrement curieuse, les pierres sont toutes de couleur bleuâtre et dégagent une légère odeur de soufre. »

« Ces respectables cailloux sont montrés sans rire aux habitants qui viennent se renseigner sur ces étranges évènements. »

« Hier soir, plus de 150 personnes étaient sur le coteau, mais l'esprit frappeur a probablement été effrayé d'une telle foule, aucun bruit ne s'est fait entendre, aucune pierre n'est tombée, un spectateur digne de foi nous a affirmé qu'à plusieurs reprises et sans cause apparente, les vitres de la maison ont tremblé ; le commissaire de police a été informé de ces divers incidents et s'est immédiatement rendu sur les lieux pour procéder à une enquête. »

« Cette affaire est l'objet, ici, de nombreux commentaires. Les cléricaux auraient-ils l'intention de faire de cet endroit un but de pèlerinage ? »

D'après La Presse du 20/7/1896, l'Union Libérale du 18/7/1896.

ARLES (BOUCHES-DU-RHONE)

« Les habitants des maisons construites sur les anciennes catacombes place Florian et rue Saint-Lucien à Arles sont, depuis 2 jours, mis en émoi par des bruits sourds et continus qui se font entendre à toute heure, aussi bien le jour que la nuit. Les racontars vont bon train à ce sujet.

Certains croient que ce sont des faux-monnayeurs qui se seraient introduits dans les catacombes et y fabriqueraient de la fausse-monnaie ; d'autres prétendent que ce sont des anarchistes qui prépareraient des bombes de dynamite pour faire sauter les cafés et les hôtels de la place du Forum.

Aucune de ces versions ne parait vraisemblable ; ce qu'il y a de certain, c'est que les bruits existent, réguliers, continus, que plus de

3000 personnes les ont écoutés, entendus, et que nul ne peut en donner l'origine.

Il y a donc là un mystère qu'il serait intéressant d'éclaircir. »

D'après Le Petit Parisien du 27/7/1896

AGEN (LOT-ET-GARONNE)

« 24 août... MM F..., père et fils, entrepreneurs de maçonnerie, , habitent une maison située à Agen, place Pelletan. Ces braves gens et leur nombreuse famille ne s'occupent guère de sciences occultes, et les rudes travaux de leur profession les ont fort mal préparés au commerce des esprits.

Pourtant, depuis quelques jours, un esprit frappeur a fait élection de domicile dans leurs appartements, et chaque nuit, manifeste sa présence par des actes qui ne laissent, dans l'esprit des gens de la maison, aucun doute au sujet de son immatérialité. C'est surtout dans une chambre du premier étage, où couchent ensemble 2 jeunes fillettes, que cet esprit bizarre se livre à ses nocturnes et mystérieux ébats.

Tantôt, il se contente de gratter, avec les ongles, le bois du lit où dorment les enfants (où dormaient les enfants serait beaucoup plus juste, car depuis la première visite de l'esprit, elles ont perdu tout sommeil, et leurs paupières rouges et gonflées dénotent clairement qu'elles n'ont pris depuis, un seul instant de repos).

Tantôt, au contraire, l'esprit frappe violemment le même bois de lit, et, parfois, il pousse l'audace jusqu'à appuyer sa main invisible sur l'oreiller même où reposent leurs têtes. Les enfants disent l'avoir entendu glisser sur le plancher d'un pas léger et avoir nettement perçu le bruit que faisait en s'ouvrant pour lui livrer passage, la porte d'un cabinet de toilette donnant sur leur chambre et n'ayant aucune autre ouverture.

Justement émus de ces visites mystérieuses qu'ils avaient prises tout d'abord par des contes fantastiques nés à la suite de quelque affreux cauchemar dans le cerveau des enfants, M. F, père et ses fils ne dormirent plus, guettant l'esprit, et attendant qu'il manifestât de nouveau sa présence.

Ils n'attendirent pas longtemps, et, ayant entendu dans la chambre où les fillettes étaient couchées, d'abord des pas discrets, puis des coups, et enfin les cris d'effroi poussés par les enfants, ils grimpèrent l'escalier, 4 à 4 et... ne virent absolument rien. La maison fut fouillée de fond en comble, mais leurs recherches, pourtant fort méticuleuses, n'amenèrent aucun résultat.

Le lendemain, ils firent coucher les enfants au rez-de-chaussée sur des matelas étendus sur le plancher. Supprimer le bois du lit était évidemment, pensaient-ils, le meilleur moyen d'empêcher l'esprit de le frapper. Certes, l'idée était ingénieuse, mais ces braves gens avaient compté sans leur hôte.

En effet, mis dans l'impossibilité de battre la caisse sur le bois du lit, M. l'Esprit ne se trouva pas embarrassé pour si peu, et c'est sur le plancher, à quelques centimètres à peine des fillettes, qu'il se mit à frapper avec fureur...

Quoiqu'il en soit, la visite importune de cet inodore mais bruyant visiteur a mis en émoi toute la famille F... dont aucun des membres n'a fermé l'œil depuis plusieurs nuits.

 Il est temps que finisse cette épreuve déjà trop longue, car si elle durait encore quelques jours, elle pourrait gravement compromettre la santé des enfants que l'esprit semble poursuivre d'une façon toute particulière.

La sincérité des membres de la famille F… qui tous ont, de près ou de loin, entendu à plusieurs reprises les coups frappés par l'esprit ne fait pour moi, aucun doute. Je les connais et les sais incapables d'avoir inventé cette histoire. Leur maison n'est pas truquée ; elle est située dans un quartier assez populeux et les murs n'en sont pas assez épais pour que l'on puisse marcher dedans...

Pourquoi un savant expert en occultisme ne viendrait-il pas se rendre compte par lui-même de ce qui se passe et essayer de lever un coin du voile mystérieux dont cette affaire semble entourée ?.. »

«25 août… Les détails concernant cette affaire, ont été contrôlés la nuit dernière par M. Georges Thomas, élève d'Allan Kardec, qui, depuis plus de 40 ans, s'occupe de spiritisme et dont la bonne foi ne peut être mise en doute. Interrogé par M. Thomas, le soi disant esprit aurait répondu à toutes ses questions…

Je vais voir M. Thomas qui m'a promis de me donner plus de détails… Il a bien voulu m'autoriser à aller passer la soirée avec lui dans la maison hantée afin que je puisse m'assurer par moi-même de la sincérité de ses opérations. J'ai accepté avec empressement, et je vous donnerai le compte-rendu de notre entrevu avec l'esprit frappeur. »

« … Hier soir, l'esprit a répondu avec intelligence et docilité à toutes les questions qu'il nous a plu de lui poser.

Il a persisté à affirmer avec énergie qu'il était le père de celle des 2 fillettes qui est orpheline et a promis de leur laisser quelque repos.
Les enfants sont moins effrayées que lors des premières manifestations.
Comme lors de la première expérience, le lit a été visité avec le plus grand soin et les couches enlevées. Les coup entendus sur le panneau du lit ne sont pas le résultats d'une illusion, car en appuyant la main sur le meuble, on constate très nettement les vibrations du bois.

Une foule considérable (peut-être un millier de personnes) station-nait hier soir devant la porte de la maison hantée pendant toute la durée des expériences… Il a fallu l'intervention de la police pour l'empêcher d'envahir les appartements. Malgré cela, les crochets qui retenaient les volets d'une croisée ont été arrachés, une treille ados-sée à la maison a été également détruite. Le parquet a été prévenu et nous espérons que les mesures nécessaires seront prises pour em-pêcher de tels débordements.. ».

D'après Le Petit Journal du 26/8/1896, du 27/8/1896.

108, RUE DE LA GLACIERE (PARIS, 13° ARRONDISSE-MENT)

« Depuis 3 semaines environ, M. Denis Boulay , marchand de vins et charbon, demeurant 108, rue de la glacière, entendait presque chaque matin sur les carreaux de sa devanture, comme le crépite-ment d'une pièce d'artifice.

Jusqu'à avant-hier, aucun dégât n'avait été signalé. Jeudi, il avait ouvert sa devanture quand 2 détonations retentirent. Le commer-çant et des clients s'approchèrent des carreaux et constatèrent que 2 étaient brisés. Sur l'un des carreaux, il y avait une trace noire sem-blable à celle que laisserait un pétard.

M. Boulay fit part du phénomène à un ancien gardien de la paix de ses amis, qui lui promit de surveiller sa devanture le lendemain matin.

En effet, hier, à 5 h du matin, le gardien était dans la rue, faisant les 100 pas. A 6 h, M. Boulay entrait dans sa boutique. Tout à coup, plusieurs détonations se font entendre et un carreau vole en éclats, M. Boulay n'a vu ni feu, ni fumée.

Cependant, on voit sur un carreau non troué, des taches noires semblables à des taches de fumée.

L'ancien agent qui exerçait une surveillance a entendu les détonations, n'a vu personne s'approcher de la devanture. M. Boulay a informé M. Rémougin, commissaire de police, qui va exercer une surveillance. »

« Le mauvais plaisant qui, depuis 2 jours, brise les carreaux de M. Boulay, marchand de vin, rue de la Glacière, n'a pas renouvelé sa fumisterie, comme s'y attendaient de nombreux habitants du quartier accourus, dès 5 h du matin, dans le débit de l'infortuné commissionnaire, dans l'espoir de découvrir le tourmenteur. M. Remongin continue son enquête. »

D'après le Rappel du 8/11/1896, du 9/11/1896.

32, RUE DAMIETTE, ROUEN (SEINE-MARITIME)

« On ne parle de toute part, à Rouen, que d'un esprit frappeur qui s'est manifesté depuis quelque temps dans cette ville, dans une maison portant le N° 32 de la rue Damiette.

Toutes les nuits, de 11 h à 1 h du matin, il fait, parait-il, un tintamarre de tous les diables.

L'immeuble qui appartient au comte de Pomereu, se rejoint sur le derrière à l'immeuble portant le N°24, et c'est à cette rencontre des 2 maisons, que les bruits se produisent, on peut même préciser : c'est contre le mur d'un cabinet de toilette occupée par Mme Prévost, qui habite là, avec sa fillette âgée d'une dizaine d'années.

L'Esprit, qui a sans doute juré que personne ne dormirait dans la maison, a réussi à se cacher dans une anfractuosité qu'on n'a pas encore découverte, et une fois installé, à l'aide d'un procédé inconnu, il frappe si fort contre le mur que toute la maison en est ébranlée.

Cette mauvaise plaisanterie a commencé vendredi soir (*27/11*) pour ne finir qu'à minuit et demi. Aux premiers coups, les locataires furent réveillés et surpris ; aux seconds, ils se demandaient ce que cela voulait dire ; ils se levaient en chemise peu de temps après, craignant de voir la maison s'écrouler. On accourut de tous côtés, la police fut prévenue, et 2 agents, après avoir fouillé dans tous les sens, restèrent en permanence. Les coups continuèrent, tantôt espacés, tantôt se succédant à intervalle d'une seconde, et si violents que les carreaux vibraient et que les tableaux et les meubles dansaient une sarabande…

Le lendemain, c'est-à-dire samedi soir (*28/11*), la danse commença à 10 h et demie pour finir à minuit et 3 quarts.

Avant-hier soir, M. Caunes, commissaire de police, qui était en permanence, monta dans l'appartement de Mme Prévost, au moment où le bruit se produisait. Aidé par plusieurs agents , il chercha à découvrir la retraite du mystificateur, mais ne put y parvenir ; néanmoins, il put entrer en communication avec l'Esprit.

Quand les spirites sont absents, les policiers les remplacent !!!

Voici une partie du dialogue :
- C'est la police qui vous parle ; frappez 2 coups pour montrer que vous m'entendez.
- *(L'Esprit répond en frappant 2 coups formidables)*
- Serez-vous bientôt disposé à vous taire ; si oui, frappez 2 coups.
- *(L'Esprit ne répond pas)*
- Alors vous êtes disposé à assommer toute la maison ?
- *(L'Esprit répond en frappant vigoureusement)*.
Voilà les locataires prévenus ! Mais il faut espérer que l'Esprit ou le fumiste sera bientôt obligé d'interrompre ses ennuyeuses plaisanteries. »

« … D'après certains locataires, ce serait bien une esprit , mais la plupart croient tout simplement que l'esprit, le fumiste en question, agit pour se venger d'anciens voisins… »

Et quelques semaines plus tard…

« Le jeune Henri Prévost, 12 ans, qui troubla récemment toute une maison de la rue Damiette était poursuivi hier devant le tribunal de simple police de Rouen pour « tapage nocturne ».
Il a été acquitté, mais son père a été condamné aux dépens pour ne point s'être présenté bien qu'assigné comme civilement responsable. »

D'après Gil Blas du 2/12/1896, La Lanterne du 3/12/1896, la Croix du 19/12/1896.

PAIMPOL (CÔTES-DU-NORD)

« Le pays de Kérity, près Paimpol est dans un émoi indescriptible depuis bientôt 2 mois.

Toutes les nuits, dans une petite maison, située au bord de la mer, de nombreux curieux se donnent rendez vous.

On y vient de plusieurs kms à la ronde. La semaine dernière, 14 hardis marins y ont veillé, écoutant avec terreur le sabbat bruyant d'un esprit logé dans le grenier, où personne jusqu'ici n'a osé monter, pas même le chat domestique.

Mr le Recteur de Kérity lui-même y a perdu le latin de ses exorcismes.
Rien n'y a fait.

Des incrédules qui annonçaient hautement leur intention de sabrer l'esprit, en sont revenus la tête basse et honteux d'avoir peur.

Les habitants de la maison sont véritablement affolés et ne savent plus à quel saint se vouer.

Bref tout le pays est comme terrorisé par le tapage nocturne qui se fait dans le grenier. »

D'après Le Figaro du 27/1/1897.

CALLAS (VAR)

« A Callas, les époux Christophe se prétendaient hantés par des esprits malins, excités, disaient-ils, par Etienne Pascal et sa femme, septuagénaires tous deux, habitants sous le même toit qu'eux.

L'aberration d'esprit de Christophe et de sa femme atteignait un tel point, qu'on les entendait la nuit frapper aux murs et faire grincer des scies pour effrayer les esprits et repousser les mauvais sorts que leur jetaient Etienne Pascal et sa femme Nanette.

La frayeur dégénéra chez Christophe en un accès de folie furieuse, et hier matin, avec un sabre aiguisé, il se précipitait dans la rue, frappant de tous côtés. Sa femme le suivait un bâton à la main.

Rencontrant leurs voisins, Christophe assénait sur la tête de la femme Pascal un coup de sabre qui faisait à la malheureuse une plaie de 0m15.

Son mari s'étant porté à son secours , recevait sur le cou et les jambes, de très graves blessures et la femme Christophe frappait Pascal à coups de bâton pour l'empêcher de saisir l'arme de son agresseur. Aux cris des victimes, la gendarmerie s'est emparée des forcenés. »

D'après la Croix du 2/2/1897.

SAINT-MARTIN-EN-CAMPAGNE (SEINE-MARITIME)

« Depuis quelques jours, la maison occupée par les époux Caron, cultivateurs à St Martin, est hantée par les malins esprits.

La nuit, ses habitants entendaient dans leur grenier, des détonations d'armes à feu, le grand-van qui tournait sans cesse, les poids de la bascule qui étaient lancés en l'air, etc., de plus, un bruit infernal accompagnait ces jongleries.

Aussi, les époux Caron, terrifiés, invitèrent-ils des habitants du pays, à venir passer la nuit avec eux.

Mais, détonations, bruits, mouvements ne s'arrêtèrent point, tant et si bien que, ne pouvant plus y tenir, les époux Caron, l'homme armé d'un fusil chargé, et la femme d'un revolver également chargé, malgré la pluie et la nuit noire, sous l'empire d'une hallucination, se sauvèrent à travers champs, en criant qu'on les poursuivait pour les tuer.

La femme ayant perdu ses souliers, marchait pieds nus.
Leur course à l'aventure les amena près du bord de la falaise de Mesnil à Caux ; là, ils tombèrent dans un ravin où ils abandonnè-rent leurs armes qui ont été retrouvées, le lendemain, à l'endroit désigné par eux ; puis, la raison revenant peu à peu, ils descendirent à Criel, pour faire leur déclaration à la gendarmerie.

C'est là que les autorités de St Martin le Gaillard ont pu seulement les retrouver et les ramener à leur demeure, mais non sans peine.
Les parents de ces infortunés sont arrivés à Saint Martin pour les soigner ; leur imagination a été vivement frappée et le moral est gravement atteint. »

D'après Gil Blas du 18/2/1897.

YZEURES (INDRE-ET-LOIRE)

« Yzeures est un charmant petit bourg situé non loin de la Roche-Posay et de Fontgombault, dans cette partie de la Touraine qui s'avance en pointe entre la Vienne et l'Indre… »

« … M. Raymond Duplantier, avocat du barreau de Poitiers, a passé 4 nuits en compagnie d'amis consciencieux dans la maison hantée d'Yzeures où le diable (à moins que ce ne soit un simple farceur) fait régulièrement des siennes. Ce n'est pas la maison qui est hantée, ce sont ses habitants, M. Sabourault, entrepreneur en bâtisse et sa famille. Le diable le suit partout : avant d'habiter Yzeures, les époux Sabourault ont eu, à Poitiers, à Bournan, à Loudun, quelques difficultés avec le Malin. Cela dure depuis 19 ans. Les habitants en ont assez. »

« En effet, quelque temps après leur mariage, il y a une vingtaine d'années, M et Mme Sabourault qui habitaient alors Poitiers, commencèrent à être témoins et victimes des faits mystérieux. A Bournan et à Loudun, la même persécution s'acharna après eux, ne cessant quelque temps que pour reprendre avec plus d'intensité, énergique surtout et plus cruelle lorsque dans la famille survenait un décès. »

« C'est presque toujours par des phénomènes sonores que se manifeste l'Invisible ; coups et grattements dans les portes, murs, cloisons, bois de lit, sommiers ; bruits de pas d'hommes et d'animaux, tantôt lents et lourds, tantôt rapides et légers, dans l'escalier ou sur les planchers ; bruits d'étoffes froissées, d'eau tombant en cascade ; roulements de tambour, tables renversées, lumières éteintes.

Les 3 premières nuits, que le témoin de ces manifestations étranges, a passées dans la famille Sabourault, des coups ont été frappés dans l'escalier ; des grattements du parquet se font entendre, puis ce furent des roulements de tambour… Enfin, la 4° nuit, des coups très nets, semblables à ceux que pourrait produire un doigt décharné, sont frappés, à 10 h, dans la cloison. Aux questions que je lui pose, l'être invisible répond invariablement par 3 coups clairs et sonores ou par des grattements énergiques. Puis les bruits cessent… 5 h se passent sans que nous entendions quoi que ce soit, lorsque vers 3 h du matin, nous entendons dans l'escalier qui descend du grenier (certainement vide et où personne n'a pu s'introduire), un être énorme et colossal, à en juger par ce qu'il produit ; nous percevons, en effet, sur chaque marche de l'escalier, le bruit de pieds immenses et très larges, glissant lourdement l'un après l'autre, pour se poser, bientôt sur la marche inférieure.

Pendant ce temps, l'escalier, pourtant neuf et solide, gémit et craque de façon très accentuée. Puis c'est le tour des cloisons qui séparent les chambres du couloir auquel aboutit l'escalier : l'une après l'autre, elles sont secouées par de brusques et énergiques craquements.
Munis d'une lumière, nous regardons avec soin : le grenier, l'escalier et le couloir sont absolument vides.

Le reste de la nuit, des coups lointains, semblant venir d'une région de l'espace supérieur à la maison, se font entendre en cadence et par 3, tantôt se rapprochant, et tantôt s'éloignant, semblables à de vagues roulements de tambour, ou au choc d'une bille tombant ou rebondissant sur une membrane tendue… »

«…mais c'est surtout la fillette Renée Sabourault, médium inconscient et involontaire, que l'Invisible semble actuellement poursuivre d'une façon particulière : quand elle se déplace, quand elle couche, par exemple, dans une maison autre que celle de ses parents, les phénomènes la suivent et ne se produisent que dans l'endroit où elle se trouve… »

« Le chef de gare affirme que cette jeune fille est venue chez lui. En plein jour, il l'a fait coucher. Aussitôt des coups retentirent, entendus par 10 personnes… »

« Pour M. Gustave Kahn, les faits n'ont rien de surnaturel et l'on se jouerait de la crédulité publique. Il a fait à Yzeures une enquête de quelques heures et en est revenu persuadé que c'est la jeune fille qui fait tout ce tapage, lorsqu'on ne la surveille pas. »

« Un nouvel examen fut résolu et cette fois, M. Kahn fut rejoint par un autre journaliste : M. Montorgueil. Leur présence à Yzeures entraîna une nouvelle interruption de la série des phénomènes, et après 2 jours et 2 nuits d'insomnie, comme ils s'apprêtaient à quitter la maison hantée, une voix inconnue les rappela :
- Remontez, remontez !

A peine retournés dans la chambre de Mme Sabourault (qui dormait avec la fillette),ils entendirent des coups précipités qui semblaient sortir du bois de lite. Ces bruits bizarres durèrent 30 secondes au dire des uns, 100 au dire des autres. Procès-verbal fut dressé et après ce mauvais rêve, les 2 journalistes reprirent le train pour Paris. »

« Un brave négociant est fort convaincu d'une sorte de magie :
Oui, monsieur, c'est de la magie ! Que ce soit vrai ou pas vrai, il faut dire dans les journaux que c'est arrivé ! Ça nous amène du monde et le commerce marche ! »

SEANCE DE PSYCHOKINESIE

Lettre écrite le 5 mai par le Dr Corneille *(Renée Sabourault était à Poitiers chez ce médecin depuis le mercredi 21 avril)*

Il s'est produit chez moi, où Melle Renée Sabourault était soignée (ou plutôt observée, car elle n'est point malade) un très grand nombre de phénomènes se rapportant aux catégories suivantes :
1)   Bruits divers (coups, trépidations, roulements, batteries, grattements à 2 et 3 m au plus du sujet, à l'endroit précis où on les sollicitait et avec le rythme et l'intensité demandés)
2)   Mouvement sans contact d'objets lourds à plus d'1 m de l'enfant et celle-ci lui tournant le dos, par exemple une table de 40 kg.
3)   Soulèvement à des hauteurs variables, de 15 cm à 30, et pendant 10, 15, 20 secondes d'objets lourds sur lesquels la jeune fille posait les mains.
4)   Dans une circonstance, M. Duplantier et messieurs B et C, lieutenants d'artillerie, ont vu les couvertures du lit de la jeune fille enlevées par des mains invisibles et l'oreiller jeté au milieu de la chambre.
5)   Dans une autre séance, la chaise sur laquelle se trouvait assise la jeune fille, immobile et comme endormie et inconsciente, fut soulevée des 4 pieds, d'environ 30 cm, à 10 reprises environ, pendant 15 à 20 secondes, par une force invisible.*(Ce phénomène a eu lieu le dimanche 25 avril sous les yeux d'au moins 7 témoins dont M. Duplantier, M. Aviron, peintre, 2 lieutenants d'artillerie, le Dr Corneille et 2 préparateurs de la faculté des sciences).*

Quand les phénomènes atteignent une certaine intensité, la figure de la jeune fille se tuméfie et ses joues sont, sur certains points, bleuies, et sur d'autres, décolorées. Elle est d'ailleurs sujette à des attaques subites de catalepsie.

Le Dr Legué qui a examiné l'enfant la croit hystérique, mais les docteurs Corneille et Fouquez ne partagent pas cet avis. Renée

Sabourault a plutôt un tempérament apathique, les joues boursou-
flées, les yeux assez vifs et intelligents. Elle répond docilement et
sans détour aux questions qu'on lui pose et ne parait en aucune
façon une simulatrice. Elle n'a jamais fait des lectures d'occultisme
et de spiritisme dont elle ignore même les noms. Elle n'a jamais été
endormie de force, ni volontairement ni hypnotisée. La famille, désolée par ces étranges manifestations et de tout le bruit qui se fait
autour d'elle dans l'opinion, implore mais en vain, jusqu' présent, la
fin de cette déplorable aventure. Elle n'en a même pas l'explication… »

« Il n'est pas très rare de voir à Paris, des concierges refuser des locataires qui possèdent un piano ou tout simplement un petit tou-
tou. Mais avait-on déjà vu des gens rester sur le pavé parce qu'ils
ont des relations… avec le diable ? C'est pourtant le cas de la famille Sabourault… expulsée de leur demeure, chassée d'un hameau
près d'Yzeures, chassée de Poitiers…Voici la famille sur le pavé de
Paris où elle ne peut trouver le moindre logement et doit coucher à
la belle étoile. »

*Renée Saboureau, âgée de 23 ans, se maria en 1908 à Poitiers, sa famille s'y
étant réinstallée.*

**D'après Le Journal des débats du 26/2/1897, du 7/4/1897, Le
Gaulois du 27/2/1897, Le Figaro du 3/3/1897, La Croix du
23/5/1897, Gil Blas du 27/4/1897, le Matin du 2/7/1897.**

M. EDOUARD LOCKROY CONTRE L'ABBE SCHNEBE-LIN

« …M. Edouard Lockroy , médecin,possède à Paris, avec d'autres immeu-bles, le N° 43 de la rue du Rocher. Là demeurait, avant-hier encore, un prêtre libre, un Alsacien, l'abbé Schnebelin, professeur d'allemand et de sciences psy-chiques….

Depuis l'âge de 8 ans, il dispose de forces occultes grâce auxquelles, affirme t-il, Dieu lui a alors permis de sauver sa mère, qu'avaient condamnée tous les méde-cins.

Comme l'abbé recevait jusqu'à 90 personnes par jour, le docteur Lockroy a exigé le départ du guérisseur…

…Un enfant épileptique de 14 ans environ, qu'il avait soigné , vit auprès de lui, et écrit sous l'influence du magnétisme les consultations dont il a besoin…

A propos de son frère chimiste inventeur de la schnebeline, il dit :

- Ah, mon pauvre frère de Vaucresson ! Je lui en fais voir de drôles… Quand je veux essayer mes forces , j'ordonne tout à coup à ses chaises de danser, je frappe contre ses portes des coups formidables !

A Valence-en-Brie, Cet abbé avait déjà guéri Mme Lebègue, qui, malade de-puis 17 ans, avait été administrée le 27 juin 1896. Il aurait également contri-bué au départ de l'Esprit frappeur !!!

A propos des envoûtements, il ajoute :

- Rappelez-vous ces paroles de Charcot : Avant 50 ans, la sorcellerie aura en-vahi la France. Elle a déjà fait des progrès considérables. Aujourd'hui, la plu-part des choses sont le résultat de l'envoûtement. Les forces psychiques sont les maîtresses du monde. Vous verrez bientôt ce que deviendra la maison de M. Lockrey. Personne n'y viendra plus habiter. ELLE SERA HANTEE !

D'après Le Figaro du 23/7/1897.

TALENCE (GIRONDE)

« On parle beaucoup à Bordeaux et dans la banlieue de certaines apparitions qui se produiraient au lieu-dit : La Fauvette, chemin de Suzon, à Talence, le soir, entre 9 h et 11 h.
Depuis une huitaine de jours, *(ou depuis 15 jours selon d'autres)* ,on apercevrait près d'un pêcher qui croît en compagnie de 2 arbres rabougris, dans un ancien champ de vigne inculte et couvert d'herbes folles, une lueur quelconque.

Ce terrain bordé par 3 chemins est entouré d'une clôture de la Gironde et n'a rien de poétique. Le village, lui-même, se compose de maisonnettes d'assez humble apparence et neuves pour la plupart.
Sur un coin de ce terrain et à l'angle du chemin de Suzon et de la rue d'Ourot se trouve une épicerie-buvette. Tel est le lieu de l'apparition.

Quant à l'apparition, elle-même, ce serait une forme lumineuse, une femme qui n'aurait pas encore parlé.

Ce serait la Sainte Vierge d'après certaines personnes ; s'il faut s'en rapporter à d'autres témoins, ce serait une jeune fille, morte empoisonnée de l'autre côté du chemin et pour laquelle le terrain en question aurait été achetée jadis. Bref, on n'est pas bien d'accord sur la nature de l'apparition. »

« Tous les soirs, un grand nombre de personnes se rendent au chemin de Suzon. Hier soir, la foule était si nombreuse que la gendarmerie de Talence a du intervenir pour la disperser. On vient d'un peu partout à la Fauvette, de tous les quartiers de Bordeaux, de la Bastide, des Docks, de Pessac, etc…Généralement, on ne voit rien et on s'en retourne déçu . »

« Les personnes qui prétendent avoir vu la lueur, disent qu'elle se déplace et va quelquefois du pêcher au toit de l'épicerie voisine. »

« C'est ce qui a fait penser à certains habitants du village que cette lumière vague est l'effet de l'éclairage ou de projections électriques de Bordeaux. »

« Quoiqu'il en soit, les langues marchent, et il y a lieu de s'étonner qu'à une époque d'incrédulité, on croie si facilement au surnaturel. »

« Les entrepreneurs d'apparitions vont encore nous servir sur ce sujet des articles détaillés dans lesquels le merveilleux et l'imagination tiendront plus de place que la réalité. »

D'après La Presse du 5/8/1897, le Matin du 5/8/1897, Gil Blas du 5/8/1897, La Justice du 6/8/1897

GERGY (SAONE-ET-LOIRE)

« …Bougerot est un petit hameau tranquille, perdu dans la verdure au milieu des champs de mais, à mi-chemin entre Sassenay et Gergy… »

« La maison sans étage de M. Fernet maréchal-ferrant, se compose de 3 pièces communiquant entre elles sans couloir. On entre par la forge, on passe dans la cuisine où est un lit, celui de la bonne, et on arrive enfin à la chambre à coucher. Entre la cuisine et le jardin, est un petit débarras où M. Fernet met son vin. »

« C'est mercredi soir (*15 septembre 1897*), à 3 h, que le sabbat a commencé ; le forgeron entendit des coups répétés dans un placard placé dans sa cuisine, à côté de la porte de la chambre. Il ouvre le placard, rien. Il s'éloigne, le sabbat recommence. Craignant pour sa vaisselle, il sort une douzaine d'assiettes qu'il porte dans le petit débarras sur un rayonnage. A peine est-il sorti que les 12 assiettes sont précipitées à terre et sont réduites en miettes, en même temps que le placard hanté résonne d'un coup énorme comme un coup de massue.

Le soir venu, M. Fernet se couche. Tout est calme. Mais, à 11 h du soir, nouveau coup assourdissant dans le placard. Puis, plus rien. La bonne prend peur, des enfants qui sont là, s'effraient aussi. M. Fernet se fait dresser un lit dans la cuisine, et jusqu'au jeudi matin, rien ne se produit d'insolite.

Mais, à la pointe du jour, les coups se redoublent. Au même instant, le lit de M. Fernet se soulève comme par enchantement. Le matelas supérieur portant les draps, le traversin et l'édredon se transportent au milieu de la pièce, sur le carreau. En même temps, des parapluies déposés dans un coin de l'appartement viennent d'eux-mêmes sur l'édredon, ainsi qu'une paire de souliers d'enfants. De plus, une boite en bois blanc, peinte en rouge, contenant des ouvrages féminins (fils, aiguilles, etc..) est enlevée du rebord de la fenêtre et projetée si violemment à travers la pièce qu'elle en est déclouée .Le forgeron croyant toujours à une farce de mauvais plaisant , refit son lit 6 fois de suite dans la matinée. Et 6 fois de suite, la couche fut projetée au milieu de la chambre. Ce pauvre lit en est tout décalé, les panneaux sont arrachés, mais rien n'est cassé.

Dans la soirée de jeudi (*16 septembre 1897*), les phénomènes se produisirent principalement dans la cuisine. Une des 2 chaises seulement que M. Fernet appelle *la chaise du diable* manifeste des dispositions plus accentuées pour la danse. Elle refuse absolument de se tenir debout. C'est une chaise massive en bois et en paille fort ordinaire, qui parait cependant bien conditionnée pour rester d'aplomb. Mais…elle se renverse d'elle-même. Le forgeron ,pour la forcer à se tenir, l'appuie contre le mur. Malgré cela, elle tombe par côté, ou en avant.

Jeudi soir, la bonne était assise dessus, devant le fourneau, elle fut tout à coup renversée par une force invisible et la frayeur lui causa un évanouissement. Quelques instants après, la bonne qui était debout contre le fourneau, fut encore renversée par la même puissance invisible, et se trouva mal de nouveau. Dans la même soirée, 2 assiettes, 1 bol, 2 verres et quelques fourchettes qui étaient placés sur la table de la cuisine, furent projetés à 2 m contre le manteau de la cheminée, et naturellement brisés. Des cuillers posées à côté ne furent pas touchées.

Hier, vendredi (17 septembre), le lit ne voulut pas rester en repos, et, pendant l'après-midi, les voisins venus pour se rendre compte, purent percevoir de nombreux coups soit dans le placard, soit dans le grenier.

Ce matin, samedi , M. Fernet ne retrouvait plus son marteau ni ses triquoises. Il finit par découvrir le premier sur un rayon élevé au milieu d'autre ferraille, les secondes juchées tout en haut de son soufflet de forge... »

« Comment expliquer ces phénomènes ? La victime les attribue à la vengeance. Elle croit à une force de mauvais plaisant, fort en physique ou en électricité ; et malgré l'énormité de la supposition d'une invention diabolique, à laquelle Edison lui-même aurait perdu le dernier de ses cheveux, le pauvre homme, persuadé qu'on avait installé l'électricité dans son domicile, a fouillé tout autour de sa maison pour découvrir le fil conducteur, le bout de laiton révélateur auquel il réservait un rude coup de pioche. Naturellement, ses recherches ont été vaines ; rien depuis les fondations jusqu'au faite de l'immeuble qui ressemblât aux vulgaires sonnettes de nos appartements. Il n'y a pas là-dessous que de l'électricité, comme le croient quelques malins de Bougerot. Nous serions plutôt de l'avis d'un vieux bonhomme qui nous disait :
- Ça, voyez-vous, c'est encore le diable de Saugy ! »

Le Diable de Saugy : Histoire de maison hantée en 1878 dans le hameau de Saugy (commune de Baudrières)

D'après Le Journal de Saône-et-Loire du 18/9/1897, du 19/9/1897, du 20/9/1897, du 23/9/1897.

__FOLIE-MERICOURT (PARIS, 11° ARRONDISSEMENT)__

« Le commissariat du quartier de la Folie Méricourt où l'on exécute des travaux de réparations s'emplissait ces jours-ci de bruits étranges dont on ne parvenait pas à établir la provenance.

Plusieurs habitants du quartier ayant eu affaire au commissariat en sortirent effarés, et une légende ne tarda pas à se former dans le voisinage.

On crut aussitôt que le surnaturel n'était pas étranger à ce vacarme, et des groupes de curieux stationnaient chaque soir, alors que les bruits devenaient plus intenses devant les locaux administratifs…

Bientôt les bruits devinrent plus distincts et la légende s'enrichissait tous les jours de quelque nouveau détail sensationnel.
 C'était, disait-on, la voix d'un enfant que l'on entendait gémir lamentablement dans les murailles, tantôt à l'entrée du local, tantôt dans les cheminées, en dépit des ramoneurs, qui, tout récemment, les avaient nettoyées du haut en bas.

 Il fallait en finir. M. Daltroff, commissaire de police, peu disposé à croire à l'existence des esprits frappeurs, vient de mettre fin à ces récits fantaisistes.

Il lui a suffi de faire enlever les lames du parquet et l'on a trouvé blotti entre 2 étais, un superbe matou qui s'y était imprudemment glissé.

Depuis 6 jours, la malheureuse bête qui appartient à un industriel du quartier, essayait inutilement de sortir de sa cellule. Il a été rendu à son maître, et par le fait même, les esprits ont cessé de faire parler d'eux. »

D'après Le Petit Parisien du 10/10/1897

DINAN (CÔTES D'ARMOR)

« Depuis quelque temps, on parle beaucoup à Dinan d'une maison hantée par les esprits…non malins, située rue de la Prejentais… Nous nous sommes rendus ce matin dans la dite maison : Mme Cherbourg qui l'habite nous a raconté ce qui suit :

Le 24 octobre, entre 8 h 30 et 9 h du soir, nous avons entendu un bruit étrange, ressemblant à celui que fait un moulin à café. Ce bruit durait environ 5 minutes sans arrêt, et recommençait après une légère pause. depuis ce moment, le même bruit s'est produit tous les soirs, et plusieurs de nos voisins ont pu l'entendre comme nous. Au commencement de cette semaine, il est venu tant de monde que nous avons été obligés de prévenir la gendarmerie, afin de préserver notre maison. En effet, jeudi soir, M. le lieutenant de gendarmerie est entré dans la maison Cherbourg, où il n'a rien remarqué d'anormal ; il commanda 4 gendarmes pour disperser la foule, près de 500 personnes ; vendredi, les mêmes mesures ont été prises, la foule grossissant toujours. Chose étrange : ces 2 soirs, jeudi et vendredi, les époux Cherbourg n'ont rien entendu, les gendarmes non plus. La maison, située au fond d'un jardin, est composée d'un rez-de-chaussée avec grenier au-dessus, dans lequel on ne peut accéder que par une trappe en se servant d'une échelle. Elle est bornée au nord par l'atelier de menuiserie de messieurs Rolland et Macé. Il est évident que de mauvais plaisants s'amusent à effrayer les gens quelque peu naïfs. »

D'après L'Union Malouine et Dinanaise du 21/11/1897.

CAEN (CALVADOS)

« Au numéro 24 de la rue Montmorency habite un ménage de jardiniers. Il se compose de 3 personnes : le sieur Mouillard âgé de 33 ans, sa femme âgée de 25 ou 26 ans, et un domestique nommé Lehouen âgé de 20 ans. Les époux Mouillard occupent une petite maison donnant sur la rue et sur un vaste jardin.

Ces gens-là vivaient très tranquilles, quand, dimanche(*14 novembre*) au soir, vers 9 h, ils furent mis en éveil par une pluie de pierres. Les carreaux de la porte d'entrée de leur salle à manger furent brisés ; de même ceux de la fenêtre de leur cave.

On crut à une plaisanterie, mais les pierres tombaient dru comme grêle et on ne voyait personne.

Lundi *(15 novembre)*et mardi(*16 novembre*) dans la journée, ce petit manège a continué aussi bien le jour que le soir. De nombreuses personnes ont été témoins. Sont-elles hallucinées ?

Il parait difficile que de l'endroit et de la façon dont les pierres tombent, elles soient lancées par des voisins ou des passants.
La police se rendit sur les lieux 2 fois, 3 fois, vit, elle aussi, les pierres tomber, mais… ne put découvrir la main mystérieuse qui les jetait.

Les cailloux, les mottes de terre pleuvaient, cassant les vitres, mais ne blessant personne ; on entendait en même temps des sonneries de cloches, des pas d'hommes dansant ou marchant très fort, etc. On n'a jamais pu expliquer ce fait qui cessa un beau jour , sans que l'on en eût la raison. »

D'après le Moniteur du Calvados du 21/11/1897.

MONDAVEZAN (HAUTE-GARONNE)

« Il n'est bruit à Mondavezan et dans les environs que des faits extraordinaires dont serait le théâtre la « maison hantée ».

Ces faits considérablement grossis par les racontars seraient l'œuvre d'esprits malins qui prennent plaisir à tout casser dans la maison ; les animaux se détachent d'eux-mêmes et les liens les plus solides tombent comme par enchantement.

Les chaises se renversent, les meubles se déplacent, les portes sortent de leurs gonds et vont s'abattre au milieu des appartements.
Un vieillard et un enfant seraient aussi l'objet des tracasseries des esprits destructeurs .

L'enfant surtout serait le plus maltraité. Une main invisible lui distribuerait des coups, déchirerait ses habits.

Comme bien on pense, le clergé n'a pas manqué cette occasion d'exploiter la crédulité publique. On organise des cérémonies religieuses en vue de chasser le mauvais esprit, et les naïfs racontent déjà que la maison hantée reprend son aspect ordinaire pendant qu'à l'église une demi-douzaine de dévotes récitent le chapelet ; mais dès que les prières ont cessé, le tintamarre recommence.

Tels sont les faits qu'on raconte et auxquels certains ajoutent foi.
Il est évident que l'enfant « possédé » de même que son grand père sont dans un état psychologique particulier et qu'un médecin pourrait bien, s'il était écouté, avoir raison des « mauvais esprits » sans avoir recours à l'eau bénite dont l'inefficacité est démontrée. »

D'après La Lanterne du 25/12/1897.

47, RUE SAINT-HONORE (PARIS, 1° ARRONDISSE-MENT)

« Rue St Honoré, 47, existe une maison dans laquelle viennent de se produire des phénomènes extraordinaires curieux qui relèvent du domaine médical.

Depuis longtemps, un sort semblait frapper cette maison : plusieurs des locataires étaient atteints soit d'anémie soit d'influenza.

Ils ne mourraient pas, mais tous étaient atteints ! La maison était véritablement hantée par la maladie !

En 20 jours, toute trace du mal a disparu et il n'est pas à Paris d'immeubles renfermant de locataires mieux portants, depuis qu'on y a fait usage de l'élixir et de la confiture St Vincent de Paul, ces 2 spécifiques uniques contre l'anémie.

En vente dans toutes les pharmacies. Se méfier des imitations ! »

D'après La Croix du 17/2/1898.

34, RUE ETIENNE MARCEL, TOURS, (INDRE-ET-LOIRE)

« C'est l'immeuble portant le N°34 de la rue Etienne Marcel que les esprits ont choisi dit-on, pour faire leurs farces...

Le brave menuisier qui l'habite se demande comment cela va finir, car depuis lundi dernier *(21 mars ?)*, c'est dans sa maison une sarabande infernale.

Des esprits malins qui agissent surtout la nuit.
Veut-il se coucher ? Crac, ses draps s'enlèvent comme par miracle !

Veut-il allumer sa bougie pour se rendre compte de ces extraordinaires facéties ? Impossible, les lumières s'éteignent comme par enchantement !

Et avec cela, le lit, les armoires, les tables, les chaises, tout en un mot prend part à la petite fête nocturne, et les craquements sinistres se succèdent avec une rapidité vertigineuse. »

« Des voisins incrédules ont voulu se rendre compte de visu et ils ont confirmé les récits des locataires ! »

« Les fumistes sont heureux et se font gorges chaudes de la crédulité des naïfs. »

« Voilà une excellente occasion pour tous ceux, qui, à Tours (et ils sont nombreux) pratiquent les sciences occultes, de se rendre compte par eux-mêmes de ces étranges et bizarres phénomènes. »

« L'honorable locataire de la maison de la rue Etienne Marcel, que nous avons signalée comme étant hantée, nous prie de déclarer qu'il n'a jamais reçu la visite d'esprits frappeurs ou autres. Tant pis pour les spirites qui croyaient déjà avoir trouvé là, un curieux champ d'expériences ! »

D'après La Lanterne du 23/3/1898, L'Union Libérale du 21/3/1898, La Dépêche du 24/3/1898

LA ROCHE-EN-BRENIL (CÔTE-D'OR)

« Ces jours derniers, un de nos confrères annonçait que des scènes étranges, incroyables, relevant de la sorcellerie ou de la magie, se passaient à La Roche-en-Brénil, dans la maison habitée par un nommé Garrié. Nous avons cru un instant, que la bonne foi de notre confrère avait été surprise, et que les phénomènes vraiment surnaturels que son correspondant lui signalait, étaient l'œuvre d'un farceur habile. Nous avons du revenir sur cette opinion première, car plusieurs personnes dignes de foi, habitant La Roche-en-Brénil, nous ont certifié la véracité absolue des phénomènes bizarres survenus au domicile de M. Garrié. Résumons donc les diverses communications qui nous sont adressées à ce sujet. »

« Les phénomènes avaient commencé la première semaine de mars : le balancier d'une horloge frappait violemment les parois de la boite ; pour éviter ce bruit, Garrié dépendit le balancier et les poids afin d'arrêter le mouvement qui ne marcha que de plus belle, les aiguilles tournant à grande vitesse autour du cadran et le timbre retentissait continuellement ; dépité, il s'en fut chercher un horloger qui, après examen, déclara qu'il n'y pouvait rien, »

« Samedi soir (*19 mars, à 7 h du soir*) première manifestation des esprits frappeurs : la lampe s'éteint, l'horloge s'agite et tombe à terre. Garrié rallume la lampe, ramasse l'horloge et la pose sur la table ; mais celle-ci retombe d'elle-même. Effrayé, notre homme appelle les voisins à son secours. Ceux-ci constatent que les tables, les chaises et tous les meubles oscillent ; un tableau représentant St Joseph se décroche et atteint Garrié au visage ; la vaisselle se brise ; un marteau placé dans un tiroir est précipité dans la rue en cassant un carreau. Ces phénomènes, qui ne durèrent pas moins de 3 heures, reprirent le lendemain (*dimanche 20 mars*) avec une nouvelle intensité et en présence d'un grand nombre de témoins dont la bonne foi ne peut être suspectée. Au moment du repas, les plats et assiettes furent jetés à terre ; un bol contenant des cornichons se retourna. »

« A 1 h du tantôt, bris d'une assiette dans laquelle un enfant mangeait sa soupe… »

« Garrié voulant prendre un litre d'eau-de-vie placé sur la cheminée, monta sur un escabeau en laissant ses sabots sur le sol ; au moment où il allait prendre le litre, un des sabots vint se placer sur la cheminée. Le desservant de la commune, quelque peu incrédule comme bien des gens, vint rendre visite à Garrié. A un moment donné, une grande table se retourna d'elle-même en sa présence. Lundi (*21 mars*), au moment du déjeuner, tout le couvert a été jeté à terre. Mardi (*22 mars*), un buffet, après avoir dansé un moment, est tombé. La grande table, qui avait culbuté, s'est tout à coup dressée debout et elle est retombée sur le poêle qui a été brisé. A chaque instant, les chaises sont culbutées. Pour en finir, on a été obligé de passer tout le mobilier dehors, excepté une armoire privilégiée, qui n'a pas encore été atteinte. Tels sont les faits extraordinaires qui défrayent actuellement les conversations des habitants de La Roche et des communes voisines. Nous les relatons, mais nous ne nous chargeons pas de les expliquer… »

« Les meubles qui avaient été sortis provisoirement mais remis en place le soir même, continuent de sauter et de se culbuter. La grande table tombe à chaque instant et est presque disloquée…Ce matin, un fourneau sur lequel bouillait une casserole pleine d'eau, a été renversé. Relevé et rallumé aussitôt, il se culbutait quelques minutes après. M. le maire et M. le curé sont appelés et se rendent sur les lieux. La gendarmerie, venue pour déterminer la cause, ne l'a pu. Son enquête n'a pas abouti et elle a été obligée de se déclarer incompétente en cette matière… »

« …Le gamin était debout contre la grande table qui se mit à trembler ; il fut repoussé par ce meuble qui se culbutait au même instant et dont les cabrioles se renouvellent à tout moment. M. Garié ne se décourage pas ; quand un meuble se met en mouvement, il essaye de l'arrêter, se mettant devant et écartant les bras en criant :
- Y va ben t'arrêter !… Diable tu vas fini !.. etc.

Dans la nuit du 22 au 23, M. le curé avait apporté un crucifix et de l'eau de Lourdes afin de conjurer le mauvais esprit. L'eau de Lourdes était contenue dans un vase en verre, qui fut placé sur une petite table ; à un moment donné, celle-ci s'est culbutée avec le verre qui ne s'était pas séparé d'elle dans sa chute, au point qu'il a été fracassé sous cette table et que des éclats étaient incrustés dans le bois. Quand on enleva le crucifix de dessus la table de nuit, celle-ci fut culbutée instantanément. Un fait à remarquer est que ce phénomène se localise dans la grande chambre d'habitation…Deux quêtes ont été faites parmi les visiteurs présents au profit de Garié. L'une a produit 5 francs et l'autre 2,50 francs. Ces petites sommes l'aideront à remplacer la vaisselle brisée…Un voisin de bonne foi affirme avoir, dans la soirée du 23, entendu craquer très fort 2 gros peupliers plantés non loin de la maison hantée… »

« Dans la nuit du 24 au 25, en présence de plusieurs personnes notables, la grande table a été culbutée à différentes reprises ; les chaises dansaient plus fort que jamais. Une, entre autres, sur laquelle était assis un gamin, s'est mise en mouvement, s'avançant au milieu de la chambre avec son fardeau. C'est à ce gamin que l'on attribue maintenant la cause du phénomène. »

« …Nous avons fait une enquête sur place. Il en résulte que les meubles de la *maison hantée* ne se déplacent et ne tombent que lorsque les visiteurs sont peu nombreux et tournent le dos aux meubles. Du reste, ces phénomènes ne se produisent qu'en présence d'un enfant de l'hospice, âgé de 11 ans, élevé dans la maison, et encore faut-il que cet enfant se trouve à côté des meubles. On peut donc conclure, puisqu'aucun témoin n'a pu voir de ses yeux les meubles s'agiter , que tous ces phénomènes bizarres sont l'œuvre d'habiles farceurs qui, pour une raison pou pour une autre, voudraient faire quitter la place aux époux Garrié. Ajoutons que l'enfant vient d'être emmené provisoirement à Saulieu (*pour 8 jours*), par les soins de l'administration des Enfants assistés, et que la municipalité fait surveiller la maison par des personnes sûres et peu susceptibles de se prêter aux manigances d'esprits plus ou moins frappeurs. »

« …Sauf coïncidence ou effet du hasard, depuis le départ du gamin, rien ne s'est produit. »

D'après le Progrès de la Côte d'Or du 26/3/1898 et du 28/3/1898, Le Bien Public du 22/3/1898, 25/3/1898, 27/3/1898, 28/3/1898.

RUE DE L'ABBE-GREGOIRE (PARIS, 6° ARRONDISSE-MENT)

« Un pharmacien de la rue de l'Abbé-Grégoire, M. Lorin, voulant passer la soirée au théâtre, confiait avant-hier la garde du magasin à son premier élève.

Vers 11 h, celui-ci entendit tout à coup, un fracas formidable dans la cave, à laquelle on accède par un escalier donnant au fond de l'arrière-boutique.

Armé d'un solide gourdin, l'élève en pharmacie descendit donc dans la cave qu'il explora en tous sens. Une centaine de bouteilles brisées jonchaient le sol, mais l'auteur du dégât demeura introuvable.

Fort intrigué, le jeune élève remonta alors au magasin. Nouveau fracas. Cette fois, c'était sous le comptoir qu'une pile de bouteilles venait de s'écrouler.

L'élève en pharmacie n'hésita pas à appeler à son aide un gardien de la paix ; en compagnie de M. Lorin qui venait de rentrer, les 3 hommes parcoururent le magasin et ses dépendances. Si le déprédations étaient nettement visibles, par contre, le malfaiteur ne l'était point.

Soudain, en changeant de place une caisse vide, M. Lorin découvrit, blotti sous une couche de paille un énorme hérisson. A n'en pas douter, c'était là, le héros de cette aventure.

D'un bond, l'animal s'élança hors de sa cachette, gravit l'escalier conduisant au magasin, s'engouffra sous le comptoir, et disparut par une ouverture donnant sur la rue.

Dans le voisinage du pharmacien, l'émotion avait été si vive que l'on parlait déjà de maison hantée d'esprits frappeurs.
La légende disparaît devant la prosaïque réalité. »

D'après Le Petit Parisien du 22/5/1898.

SUPERSTITION

« *C'est en vain que chaque jour, à coups de découvertes nouvelles, la science s'efforce de saper les croyances absurdes et les superstitions surannées : l'âme humaine que séduit le mystérieux ne peut se contenter du réel et se passionne pour d'invisibles chimères. Jamais on n'entendit autant parler de spiritisme, de maisons hantées, d'apparitions fantastiques qu'en cette fin de siècle soi-disant sceptique. Nous sommes, sur ce point, aussi crédules que les anciens qui lisaient l'avenir dans les astres, consultaient les pythonisses et interrogeaient anxieusement les entrailles des victimes. C'est en vain que la police traque et que les tribunaux condamnent les chiromanciennes, cartomanciennes et autres sibylles de pacotille, leur clientèle n'en est pas moins nombreuse et rien ne saurait diminuer la foi ardente que beaucoup ont dans leurs prédictions... Et bien des hommes de haute valeur intellectuelle croient aussi à ces choses inexpliquées, sont hantés par le secret de l'Invisible. Auguste Vacquerie, Alexandre Dumas étaient des adeptes du spiritisme. Victorien Sardou et Camille Flammarion y croient également. M. Drumont se prétend l'objet de certains phénomènes pour le moins bizarres. Il affirme que la nuit, trois coups frappés dans la muraille l'avertissent de la mort d'un ami...*
Il a souvent raconté qu'il avait été très impressionné par une prédiction faite autrefois au général Boulanger : celui-ci était à Tunis ; une gitane, lisant dans sa main, lui annonça un jour, qu'il périrait brusquement d'un coup de poignard. On voit qu'elle ne se trompait que sur la nature de l'instrument réservé à donner la mort.
La superstition, vieille comme l'humanité, ne s'éteindra qu'avec l'humanité. »

D'après La Presse du 6/8/1898.

LA CITÉ GAILLARD (PARIS, 9° ARRONDISSEMENT)

« Mme X, rentière, habitant la cité Gaillard, était depuis quelque temps l'objet de terreurs folles. Ses nuits étaient troublées par des apparitions fantastiques. A peine se mettait-elle au lit que des spectres, disait-elle, pénétraient dans sa chambre par la fenêtre et s'y livraient à une effrénée sarabande.

En proie à de terribles transes, la pauvre femme n'osait pas se lever ni appeler ses voisins et elle s'enfouissait sous son édredon, où elle tremblait de peur jusqu'au lendemain matin.

Mme X raconta ces faits à ses voisines. L'histoire se répandit, les commentaires allèrent bon train : on commença à parler de la maison hantée de la cité Gaillard.

Enfin, la rentière s'avisa de recourir, pour se rassurer, au moyen qu'elle eut dû employer tout d'abord.

Elle alla informer de sa mésaventure le commissaire de police. Bien que le magistrat accueillit ces racontars avec un certain scepticisme, il chargea un de ses inspecteurs de passer une nuit chez Mme X…

L'inspecteur s'y rendit, et vers 11 h du soir, il constata en effet, qu'une ombre apparaissait à la fenêtre. Mais, au lieu de se cacher, l'inspecteur de police marcha droit au spectre.

Il ouvrit la fenêtre et… il vit que l'on procédait dans la maison en face à des projections lumineuses. Ce sont ces projections d'images qui se profilaient sur les rideaux de sa chambre que Mme X avait prise pour des spectres. »

D'après La Lanterne du 26/3/1899.

RUE DE BERNE/RUE DE MOSCOU
(PARIS, 8° ARRONDISSEMENT)

« On vient de démolir un hôtel à 2 étages, précédé d'un jardinet, qui formait l'angle des rues de Berne et de Moscou.

Depuis de nombreuses années, un écriteau accroché sur la porte indiquait - inutilement d'ailleurs - que l'immeuble était à louer. Dans le quartier de l'Europe, où cet hôtel toujours désert était remarqué par les voisins, le bruit courait - à tort ou à raison - qu'il avait été jadis le théâtre de phénomènes spirites. La légende avait fait son œuvre. On allait jusqu'à dire que tous les soirs, vers minuit, des bruits étranges retentissaient dans les différentes pièces de la maison, ce qui la rendait inhabitable.

Qu'y a-t-il de vrai dans cette histoire ?

Nul ne le saura désormais !

Dans quelques mois, sur les ruines de l'hôtel, s'élèvera un immense immeuble à 5 étages, avec un bon concierge pour gardien, qui, sans doute, ne laissera pas passer les esprits frappeurs. »

D'après Le Gaulois du 24/6/1899.

72, RUE DU BAC (PARIS, 7° ARRONDISSEMENT)

« …Les esprits sont dans une maison de la rue du Bac, où ils ont élu domicile depuis pas mal de temps. Mais, ces jours derniers, ils ont dépassé les bornes permises, et comme tous les locataires sont réveillés en sursaut chaque nuit, et qu'ils se sont amèrement plaints au propriétaire : M. Meunier, celui-ci a prévenu M. Baube (ou Daube), commissaire de police qui a ouvert une enquête.

Nous nous sommes rendus hier, à la maison hantée au N°72 de la rue du Bac et nous avons pu entendre faiblement, il est vrai, les hululements des esprits. On croirait assister à l'agonie bruyante d'une vieille femme. C'est plutôt sinistre.

Mme Meunier que nous interviewons, a ce sujet, nous dit :
- Il y a près de 3 ans que cela dure ! On croyait d'abord que c'était une personne malade et on n'y prit point garde. Puis ces bruits que vous entendez en ce moment, sont intermittents et ne se produisent qu'à certaines heures… La nuit, par exemple, ils sont plus violents que dans la journée. Ces jours derniers, ils sont même devenus insupportables, et c'est pour cela que mon mari a été prévenir le commissaire de police.

- Mais pourquoi ne l'avoir pas prévenu plus tôt, puisqu'il y a , vous dites, 3 ans que cela dure ?

- Parce que jusqu'à présent, on avait pu les supporter ; mais maintenant, cela n'est plus possible. Et pour nous prouver qu'ils nous entendent, les esprits répondent par des Hou ! Hou ! lamentables. »

D'après Le Matin du 5/8/1899.

AVENUE DU BOIS DE BOULOGNE (devenue avenue Foch) (PARIS, 16° ARRONDISSEMENT)

« Par une singulière coïncidence qu'expliqueront sans doute les croyants du surnaturel, l'hôtel de l'avenue du Bois de Boulogne, où l'on a fait la découverte d'un squelette de femme, fut une maison hantée, et l'on en parla beaucoup , il y a une trentaine d'années. Cet hôtel avait été construit par un riche capitaliste pour une de ses filles qui avait épousé un M. B… Mme B…mourut dans l'hôtel après avoir donné naissance à un enfant, et non pas de suites de couche, mais de la diphtérie que lui avait communiquée le médecin qui la soignait. Depuis cette époque, on raconta que Mme B… revenait la nuit, toute vêtue de blanc, errant dans la maison, et demandant des prières. Après cette mort si impressionnante, l'hôtel fut vendu à M. de Villemessant ; les médisants racontèrent que le malin journaliste avait répandu cette légende afin d'avoir l'immeuble à meilleur compte. Néanmoins, la légende persista jusqu'en ces derniers temps : la découverte des ossements dans le sol de la cave, semblera suffisante aux esprits romanesques pour la justifier. »

D'après Le Figaro du 29/9/1899.

CHANSON SUR LES MAISONS HANTEES (1900)

Je n'sais pas si vous êt's comm' moi,
Mais c'est midi pour que j'y coupe
Dans l'fourbi d'esprits en émoi,
D'fantom's, d'immeub's et tout'la troupe.
Quand j'vois dans l'journal le chichi
D'un d'ces faux miracl's à la manque,
J'pens' : C'est quéqu'fumiss'mal blanchis
Qui fait des tours de saltimbanque ! »
Encore un'maison hantée :
V'là l'ventriloqu'qui passe !
Encore un'maison hantée :
V'là l'ventriloqu'passé !
A c'compt'-là, pardin, moi-z-aussi
J'radin' dans eun' turne épatante
Où qu'on rencontr', par là, par ci,
Plus d'un sale esprit qui la hante.
Y en a surtout deux qu'j'ai dans l'nez
Et que j'voudrais chahuter ferme,
Vu qu'aux pant's qu'es, comm'moi panés,
Ils s'ligu'nt pour fair' payer leur terme.
Encore un'maison hantée :
V'là la pip'lett' qui passe !
Encore un'maison hantée :

V'là l'proprio passé !
Croyez-vous qu'c'en est pas encore
Eun' maison hantée hein ? là-celle
Ousque s'abrit' l'Etat-Major ?
L'est-elle, oui-z ou non ? L'est-elle ?
On voit passer dans les couloirs
Un'dam' voilée et, sur sa piste,
Généraux, marquis, hommes noirs,
Un uhlan et même un lampiste !
Encore un'maison hantée :
V'là l'document qui passe
Encore un'maison hantée :
V'là l'Pèr' Dulac passé !
D'n'import' quel côté qu'on tourn'l'œil,
Y a que d'ça, des maisons hantées,
T'nez, r'gardez l'églis'd'Argenteuil…
Et puis tout's les autr's par petitées !
C'est-il pas les mêm's blagu's toujours :
Temples, chapell's, synagogues..
Ausii j'l'déclar » sans détours :
On d'vrait f…tout ça dans les gogues !
N'en faut plus, d'maisons hantées :
V'là Populo qui passe !
N'en faut plus d'maisons hantées :
V'là populo passé !

GALIMAFRE

BIBLIOGRAPHIE :

BOIS. J : Le miracle moderne (1907)

DE CAUZONS T . : La magie et la sorcellerie (1912)

FLAMMARION C. : Les maisons hantées (1923)

BOZZANO E. : Les phénomènes de hantise (1929)

TOCQUET R. : Les pouvoirs secrets de l'homme (1963)

RIBADEAU F. : Histoire de la magie (1973)

TIZANE E. : L'hôte inconnu dans le crime sans cause (1977)

TIZANE E. : Le mystère des maisons hantées (1977)

JEULIN. E : Le Picton N°35 : « Une famille hantée »(1982)

MICHELET S. : Lorsque la maison crie (1994)

WALLON : Expliquer le paranormal (1996)

LIGNON Y. : Les dossiers scientifiques de l'étrange(1999)

CATALA P. : Apparitions et maison hantées (2004)

OBADIA L. : La sorcellerie (2005)

MARSDEN S. : La France hantée (2006)

LECOUTEUX C. : La maison hantée, histoire des poltergeists (2007)

BENHEDI L. : Fantômes et apparitions (2008)

BENHEDI L. : Maisons hantées et poltergeists (2008)

FEARSON E. : Manuel du chasseur de fantômes (2008)

SAUGET S. : Histoire des maisons hantées, France, Angleterre (2011)

REMERCIEMENTS

CHANTAL SIOBIENIAK (Historienne et écrivain. Corrèze)

CECILE LEMIRE ET LAURENCE RICHARD (Bibliothèque Municipale de Laon)

JOSETTE GONZALVES (Médiathèque municipale de Macon)

SEBASTIEN LANGLOIS (Bibliothèque municipale de Dijon)

JACQUES MADELINE (Historien local de Pluguffan)

MICHELE PREVOST (Bibliothèque Municipale de Tours)

JULIENNE BOURDET (Bibliothèque Universitaire de Dijon)

MICHEL JONCHERAY (Historien local du Pin en Mauges)

JESSICA BONFILS (Bibliothèque Sainte-Geneviève Paris)

JEAN-LOUIS MAHE (Médiathèque de La Rochelle)

CHRISTIAN MEMON (Archives départementales de La Rochelle)

SYLVIE VRILLAC (Bibliothèque Municipale de Ruffec)

DANIELLE BULLOT (historienne locale Valence en Brie)